チートコードで俺TUEEEな異世界旅

CHEAT CODE

-アナザーキーシリーズ-

著
時野洋輔

イラスト
やまくじら

目次

装丁　坂本知大

プロローグ

今日は燃えるゴミの回収日らしく、朝からカラスが飛び回っていた。透明のビニール袋に入っている獲物を狙っているのだろう。

いつも通る道を、いつもと違う時間に歩いていると新鮮な気持ちになる……なんてことはなく、やけに体が重い。

現在は高校二年から三年にかけての春休み。

担任の先生からは「長期休暇だからといって浮かれるな！　お前たちは来年受験なんだから、規則正しい生活を今から身につけるんだ」と念を押されていたが、受験に乗り気でない俺にとっては長期休暇とは普段できないことをするべきものだと思っていた。それを言い訳にするわけではないが、高校の悪友と一緒にMMORPG（大規模多人数同時参加型オンラインRPG）耐久一週間レース！　とかバカなことをやってしまった。

そのせいで寝不足になり頭があまり回らない。

ジャージは二着用意して毎日洗って使い回ししているが手入れを怠ってはいない。しかし、食事はおざなりなもの。睡眠に関しては一日平均二時間というブラック企業顔負けのスケジュールだった。

会話も中身のないものばかりで、

「あぁ、くそっ、チートコード使えたらレベルアップも楽なんだが――」

「オンラインゲームでそんなの使えるわけないって、お、そっちにいったぞ！」

「あぁ、くそっ、逃げられた。晩飯は昨日の食パンでいいよな」

「ああ、まだ耳の部分が残っていたよな」

なんて会話をしていた。来年の冬に受験を控えている高校生の会話ではない。

将来は若気の至りどころか黒歴史にもなりそうな極貧生活だった。

ちなみに、俺の両親はすでに他界。今は兄貴のマンションに住んでおり、兄貴はゲーム会社勤務で、ほとんど家に帰ってこない。俺が遊びのブラック企業だとすれば、兄貴の会社は正真正銘のブラック企業のようだ。

そのため、俺が一週間家を空けておいても問題はなかった。

はずだったのに――。

家に帰り、郵便物を家の中に入れる。新聞はとっていないが、ダイレクトメールの類が後を絶つことはないようだ。

ダイレクトメールの中に、変わった封筒を見つける。

「出頭要請？　兄貴、スピード違反でもしたのかな」

珍しい手紙に首をかしげながら、ずっと履いていた靴下を脱いで洗濯カゴの中に入れ、なんとなくラジオをつけた。

『ラジオ体操だいいちぃぃ』

朝のラジオ体操がちょうど始まったところだった。なつかしいな、子供のころはよく夏休みに公園でやってスタンプをもらったっけ。

その音を聞きながら俺は部屋の中央にある、見慣れぬ、だが写真では見たことのある物体に気づいた。

「これ、兄貴の会社が作ってるゲーム機とゲームソフトじゃないか」

そういえば、会社の目玉企画として機種本体とゲームソフトを無料進呈するテストプレイヤーを募集していたのだけど思ったより応募が集まらなくて困ったと兄がぼやいていたことを思い出した。

会社関係者の身内には応募する権利がないため関係ないと思っていたのだが……。

すると、その箱の横に手紙が置いてあった。

『余った試供用のゲーム機とソフトだ。社長に特別に許可をいただいて持って帰らせてもらっている。遊んでもいいが壊すなよ』

な、なんて素晴らしいお兄様だ。と歓喜するとともに、

『すでに昨日の○月×日にテストプレイヤーへの送付も完了しているから、ネットで情報共有してもいいぞ』

と書いてある。昨日の○月×日って、これ、六日前から家にあったのか。

テストプレイヤーもすでに六日前にはゲーム機を手に入れて遊んでいるということだ。

出遅れた。なんでMMO耐久一週間チャレンジなんてしてしまったんだ。一週間、俗世間とは隔離された世界にいたからなぁ。

とりあえず眠い目をこすりながら、ゲーム機をセッティングする。

据置型のゲーム機本体。プ○イステーシ○ンやセ○サターンあたりを思い出すが、一番近い形はスリー○ィーオーだろうな。

そこにブルーレイディスクを挿入すると、最初に壮大なオープニングムービーが流れた。

オープニングを見ながら、俺は外出用ジャージをハンガーにかけ、タンスの中から、紺色の室内用ジャージを出し着替えた。

オープニングが終わると「Another key」のタイトルロゴが表示され、スタートボタンを押すとキャラ作成画面が現れる。

キャラの名前は、ファーストネームのみ、ファーストネームとファミリーネームのふたつに分かれた項目、さらにミドルネームを追加した三つに分かれた項目、どれか好きなものを選択できる。

ふたつに分かれたタイプを選択、あれ？　先にファーストネームだっけ、ファミリーネームだっけ？　まぁそのまま入力したらいいや。

『スメラギ・タクト』

性別の入力欄はないようだ。

男なのに女キャラ固定とかなら困る。悪友はむしろ好んで女キャラを使うタイプの人間だが、俺は恋愛イベントとかあるときに女性キャラだと感情移入ができない。

まぁ、選択肢がないのなら、おそらくは男性キャラだろうな。

次にボーナス特典選択画面が現れた。

ボーナス特典に使うためのポイントは１００ポイント固定のようだ。

それを使って、取得経験値一・二倍（20ポイント）といったわかりやすいものや、記憶継続（１００ポイント）など、効果がわからないのにポイントの高いボーナス、取得経験値六四倍（１０００ポイント）、伝説魔法取得可能（５０００ポイント）など絶対に入手できないようなボーナスもある。おそらく、二周目特典だろう。ならば一周目は流す程度にプレイしたほうがいいのかもしれない。そうなると、経験値二倍（100ポイント）か瞬間移動（100ポイント）がもっとも効果的なボーナス特典だろう。

だが、兄貴には悪いが、このゲームが二周目をプレイする価値のあるゲームとはかぎらない。だけれども、他のボーナスは気になる。そう悩んでいたとき、手紙の横にもう一通の手紙とUSBメモリがあるのを見つけた。

俺はそれを拾って黙読する。

『追伸。めんどくさがりのお前のために、デバッグ用に作成したチートコードを使えるプログラムを入れたUSBメモリを置いておくぞ。初期のボーナス数値が最大になるコードが入ってるから使いたければ使え。ただし、使うなら絶対にオンラインモードでプレイするなよ。大問題になるからな。詳しい使い方は――』

兄貴、グッジョブだ！

俺は兄貴の弟で本当によかった。

感謝に涙を流しながら、俺は一度ゲームソフトを終了させ、手順通りにUSBメモリのデータをゲーム機へと送った。

そして、再びゲームを起動して、オープニングをスキップ。名前を入力し、ボーナス選択画面へ。

『おはようございます、今朝のニュースをお伝えします』

ラジオ体操が終わり、ニュースが流れだした。

ゲーム画面の中では初期ボーナスポイントが最初から9999になっていた。

俺は選べるだけのボーナス特典を選択。

そして——。

【ゲームを開始します。準備はいいですか?】

そこで俺は「ばっちり」と口に出して言って、重いまぶたを押し上げながら、【はい】を選択。

『連日お知らせしている、テレビゲーム〝アナザーキー〟のテストプレイヤーが謎の失踪を遂げている事件の続報です』

え? ラジオのニュースに耳を疑った。だって、そのゲームの名前って。

と同時に、テレビ画面からもメッセージが流れる。

【ようこそ、『アナザーキー』の世界へ。あなたを今から異世界『アナザーキー』に転送いたします】

転送? 案内じゃないの? とか思ったら、——世界は暗転した。

『テレビゲーム〝アナザーキー〟のテストプレイヤーたちが、ゲーム機本体とともに消息を絶ったという報告があってから六日が経過した本日、警察の調べによりますと、ゲームを製作・販売した株式会社●○○●の社員も同様に行方不明になっていることがわかり、関連を調べ……ま……』

ラジオの声が聞こえなくなり、波の音が聞こえた。

ラジオ壊れた?

それとも、壊れたのは俺のほうか。
ははは、寝不足だったからなぁ。
あぁ、波の音が心地よい。

第一話　異世界のはじめ

ANOTHER KEY

▸▸▸ Game Start
Continue
Game Setting
END

相変わらず聞こえる波の音がリラックスさせるBGMのように心地よい。ラジオで流れる波の音ってザルと小豆《あずき》で表現してるんだっけか？　昔、ラジオ放送を題材にした映画で見たような気がする。

はははは、まるで本物みたいだ。その音がまるで本当にすぐ近くから聞こえるように感じていたら、

「つめたっ！」

水の感触に俺は思わず跳ね上がった。

何事かと思って周囲を見ると、そこは俺の部屋ではなかった。

目の前には海が広がっていた。

今朝のテンションなら「うぅみだあぁぁぁ！」と叫びたくなるような大海原が目の前に広がっているが、少し寝ていたのでテンションは落ち着いている。

「海……流れ着いたのか？」

いや、服は先ほど少し濡れた部分がしめっているだけで、他は濡れていない。

となれば流れ着いたのではないのだろう。

水が乾くくらい長い間寝ていた可能性は残っているが、ジャージを見るに、塩水で汚れた形跡はまるでない。それに、自分の服装はジャージだけ。靴下も履いていない、靴も履いていない。妙な話だ。

ジャージがあれば全て良しを信条としている俺でも、砂浜で裸足の現状は理解できない。

「これは……どういうことだ？」

さっきゲームを始めたはずなのに、なんでここに？

まさか、ここがゲームの中とか？

いやいやいや、ありえない。

視界だけならともかく、海の水温まで感じることができるバーチャルリアリティーゲームができるのはまだまだ先のことだろうし、その視界にしても、この景色だけで画素数オーバーだ。

「これは、もしかしたらあれか。蝶《ちょう》になる夢を見た。だが、本当の自分は蝶で、人間になっている夢を見ているんじゃないか？　の逆だ。海に落ちたショックで、ゲームをしている夢を見ていたんだ」

なんて意味不明で支離滅裂なことを口走ってみる。

が、海に落ちたなんて記憶は一切ない。

そもそも、船から落ちたのに靴下を履いていないうえ室内用のジャージとか意味がわからない。まぁ、俺は学校にいくとき以外はいつもジャージだけどさ。学校でも理由を作っては学校指定のジャージを着ているけど、室内用ジャージはあくまでも室内用、外出時に着ることはない。

ただ、ここで待っていても助けが来るとは思えない。

泣きそうになるが、泣いたところで現実が変わるわけでもなく、絶望しても前には進めない。

混乱している頭をどうにか動かすために、

「はぁ、とりあえず歩くか……」

わざわざ口に出して、自分の脳を回転させる。

歩くたびに砂が足にまとわりついてくる。そこまではよかった。砂浜をぬけると今度は小石が多くなったため、素足だときつい。

何か靴の代わりになるものがあればいいんだが、そういうものはどこにもないようだ。

それと腹が減った。そういえば昨日の夜に食パンを食べてから何も口に入れていない。

進むと木々が生えていて、その間に道がある。道があるのなら、先に人がいるのかもしれない。獣道かもしれないが、虎穴に入らずんば虎子を得ずだ。

そう思い、俺は恐る恐る森の中へ入っていった。

しばらく歩くと、一本の木に緑色の実がなっている。レモンのような形だ。

「これ、食べられるんじゃないか？」

とりあえずひとつもぎって皮を剝《む》いてみた。本当にレモンのようなすっぱい香りがした。

間違いない、これはレモンだ。そう確信し、一口。

「すっぱっ」

酸味が強すぎて食べられたものじゃない。昔、正月飾り用の橙《だいだい》を食べたことがあるが、それと似たような味だ。

【採取スキルを覚えた。採取レベルが上がった。毒耐性を覚えた。毒耐性レベルが上がった。毒耐性レベルが上がった】

【採取スキル：アイテムを採取するとレベルが上がる。レベルが上がると採取したアイテムの品質が上がる】

【毒耐性スキル：毒を体内に取り込むとレベルが上がる。レベルが上がると毒に耐性を持つようになる】

突如、脳裏に謎のメッセージ――いや、正直、薄々勘づいている――が浮かび上がる。聞こえてくるというより、見えるというより、脳に直接情報を送り込まれるといった感じだ。

毒という言葉に驚くが、体調に変化はない。

次は、試しに、木を一発殴ってみる。痛い。

【拳攻撃スキルを覚えた。拳攻撃レベルが上がった】

【拳攻撃スキル：素手で攻撃をするとレベルが上がる。レベルが上がると物理攻撃力が少し、素手での攻撃力が大きく上がる】

再度メッセージが浮かび上がった。

「やっぱりゲームの中なのか？」

確認するように呟《つぶや》いた。

これはシステムメッセージか？

しかも簡単にレベルが上がる。取得経験値六四倍の効果だろうか？

ていうか、さっきのレモンもどき、毒耐性が上がったって、あれって毒なのか？

俺は自分の腹をさすってみた。今のところ腹を下している様子はない。

再び木を殴ってみる。しかし、何も起こらない。再び木を殴ってみる。

【拳攻撃レベルが上がった】

しっかりとレベルが上がった。意外と簡単なのか？　と思ったが、六四倍だからか、と思い直す。スキル簡易取得というものもあったから、スキルが簡単に覚えられたのかもしれない。

全力で木を殴っている。レベル2から3に上がるのに一〇〇発程度殴らないといけないとしたら、レベルアップは本来大変なのだろうか。

試しにレベル4に上がるまで殴ってみたら、五発木を殴らないといけなかった。本来は三〇〇発以上殴らないといけないらしい。

レベル5になるには何回必要なのだろうかともう一発殴ってみたら、

――ぼきっ。

やばい音がした。木が折れて反対側に倒れる。

細い若木だったが、俺の拳で折れるとは思わなかった。

拳攻撃レベルが上がったためだろうか？

【伐採スキルを取得した。伐採レベルが上がった。伐採レベルが上がった】

【伐採スキル：木を切るとレベルが上がる。レベルが上がると木・植物系の魔物への攻撃力が上がる】

おぉ、またスキルを入手した。

……魔物？　植物系の魔物って書いてあるな。

この世界には魔物がいるのか。

とりあえず、折れた木の枝を一本折って持つ。

それで別の木を叩《たた》いてみる。

【棒スキルを覚えた。棒レベルが上がった】

【棒スキル：棒で攻撃をするとレベルが上がる。レベルが上がると棒での攻撃力が大きく上がり、全体の物理攻撃も少し上がる】

道具を使って攻撃したらスキルも違うらしい。

「ていうか、腹へった。釣竿《つりざお》があったら海で魚釣って、釣りレベルとか上がりそうだな。あと、料理したら料理レベルか」

レモンっぽい果物は毒らしいから食べる気はしない。

再び道を歩くことにした。

とりあえずは食料の確保が優先だ。それにしても足が痛い。靴を履いていないのが悔やまれる。

一五分ほど歩いたとき、

【足防御スキルを取得した】

【足防御スキル：足にダメージを負うとレベルが上がる。レベルが上がると防御力が少し、足の防御力が大きく上がる】

とかいうメッセージが出た。同時に足の裏の痛みが先ほどよりマシになる。

それでも痛いのには変わりないが。

足防御を取得した直後だった。

「うわっ」

思わず叫び声を上げる。狼《おおかみ》だ。真っ赤な双眸《そうぼう》がこちらを睨《にら》みつけてきている。

魔物か⁉　それともただの獣か⁉

どっちにしろ最初にエンカウントするような相手じゃないだろ、頼む、最初はかわいいスライムとかにしてくれ。

だが、待て、所詮は犬だ。木の棒でも投げたらそっちに跳んでいくだろう。

俺は持っていた木の棒を投げようとした。

だが、緊張していて手に汗をかいていたせいで、滑って手元が狂った。

木の枝は狼に直撃し、擲殺《てきさつ》――できるわけもなく、攻撃されたと思い唸《うな》り声を上げて敵意マックスになった。

【投擲スキルを覚えた。投擲レベルが上がった】

【投擲スキル：物を投げて攻撃するとレベルが上がる。レベルが上がると筋力、器用さが少し、物を投げての攻撃力が大きく上がる】

またスキルを覚えた。でも頭に入ってこない。

そんなの、どうでもいい、ていうか逃げる！

【逃走スキルを覚えた。逃走レベルが上がった】

【逃走スキル：魔物から逃げるとレベルが上がる。レベルが上がると速度が少し、敵から逃げるときの速度が大きく上がる】

親切なメッセージが今は鬱陶しい！　でもこのスキルはありがたい、これで逃げ切れるんじゃないか？

と思ったが、そうは問屋が卸さなかったらしい。

あっという間に追いつかれ、狼は俺に跳びかかり、背中を引き裂く。ジャージが破れた！

思わずジャージを破ったことに怒り、叫びたくなる。

だが、さすがに今はジャージより自分の体だ！　背中が痛い！　痛い！　やばい、死ぬ！

【身体防御スキルを覚えた。身体防御レベルが上がった。身体防御レベルが上がった。身体防御レベルが上がった】

【身体防御スキル：腹と背中にダメージを負うとレベルが上がる。レベルが上がると腹と背中の防御力が大きく上がり、全体の防御力も少し上がる】

またスキルを覚えた。種類が多すぎる！　レベルも上がるの早い。

だが、それ以上に痛い！

「くそっ、やめろっ！」

俺は背中にいる狼に向けて決死の思いで拳をふるった――直後、嫌な感触がした。

狼の頭が吹っ飛んでいた。

（なんで？）

拳レベルが上がったおかげ、とは考えにくい。

脳震盪《のうしんとう》くらいなら起こせるかもしれないが、頭が吹っ飛ぶほどの力が出るわけない。

【獣戦闘スキルを覚えた。獣戦闘レベルが上がった。獣戦闘レベルが上がった。拳攻撃レベルが上がった】

【決死の一撃スキル本日使用回数残り０回】

【獣戦闘スキル：獣を倒すとレベルが上がる。レベルが上がると物理攻撃力が少し、獣系の魔物への攻撃力が大きく上がる】

決死の一撃?

そういえばそういうボーナスがあった気がする。80ポイントとかなり高いものだった。

つまり、それが発動したのか。

本日0回ということは、一日一回しか使えないのかもしれない。つまり、次に狼に出くわしてもあんな奇跡は起こせないということか。

顔にふりかかる返り血を浴びながら……くそっ、返り血なんてジャージのしみ抜きが大変そうだ。

「おい、あんた大丈夫か? 一体、何があったんだ?」

髭面《ひげづら》の男が現れたとき、俺は安堵《あんど》した。

敵か味方かわからないが、日本語が通じるらしいのと、何より人間がいることに安堵し、意識を失ってしまった。

空腹もそうだが、睡眠時間のほうが先に限界に達したらしい。

海で寝ていた時間は思ったより短かったようだ。

目が覚めたら、自分の部屋ならいいのに。

＊ ＊ ＊

コトコトと、鍋に入れたお湯が沸く音が聞こえて俺は目を覚ました。

そして、意識を失う直前に願ったことは叶《かな》わず、目を覚ましてもそこは自分の部屋ではなかった。

硬い床の感触と、肌触りがいいとはいえない毛皮の毛布の掛布団に挟まれて俺は眠っていた。

腹が盛大に鳴った。いい匂いがしたのが原因だ。塩胡椒《しおこしょう》の香りだと思う。

「おぉ、目が覚めたか、スープでも飲むか？」

そう言ったのは髭面の男だった。こんな森の中に住んでいるにしては髭の部分以外は割とこぎれいにしている印象がある。毛皮の服と帽子をかぶった五〇歳くらいのおっちゃんだ。

おっちゃんが盛大に笑って、肉と山菜の入ったスープをどんぶりのようなお椀《わん》に入れて出してくれた。スプーンはない。

「いいんですか？」

金なんてないぞ、と胸中で付け加える。

あったとしても日本の金が使えるとは思えないが。

「お前が殺した狼の肉を入れてる。お前の取り分だ。勝手に〝具現化〟したが、ここまで運んでやった手間賃と思っておけ」

スープを飲むと、胃が活性化したのか、再び大きく鳴った。塩胡椒のスパイスがしっかりと利いていて、体に活力を与えてくれる。本当は一気に飲み干したいが、猫舌なのでゆっくりとさましながら飲み干していった。

おっちゃんは快活に笑い、スープを飲んだあと中の肉を手で食べだした。そうやって食べてるのか。

俺もそれにならって肉を食べる。狼の肉ってはじめて食べた。少し臭みはあるが、それでもまずいというほどではない。むしろ空腹も手伝ってかうまいように感じた。

余裕がでてきたので部屋を見回す。当然だが家電製品の類はない。

ログハウスのようで、ベッドがひとつ、大きなカゴと、かまどがあるだけだ。

「まぁ、何もない部屋だがな、住めば意外といいんだぞ？　少なくともわしが普段住んでいる部屋よりかはいいな。見張りもいないし」

見張りって……まぁ、見た目は確かに少し悪人っぽいよな。

どうやら、俺の怪しいものを見る目線に気づいたらしいが、おっちゃんはさほど気にした様子はないようだ。おっさんはスープのおかわりを勧めてくれた。俺は遠慮なくお椀を差し出す。

入っている山菜は、三つ葉とネギのような草だった。どうやら、これらが狼の臭みを少し抑える役目を果たしているらしい。

「ありがとうございました。とてもおいしかったです」

「そうか、よかった。あと、これを持っていきな」

おっちゃんが二枚のカードを持ってきた。

「高級毛皮」と「二五〇ドルグ」と書かれたカードだ。毛皮の絵と貨幣の絵が描かれている。説明はない。

おっちゃん、トレーディングカードゲームにでもはまっているのだろうか？

そんなわけないよな。

「これはなんです？」

「狼が落とした。ラッキーだな、高級毛皮のカードはレアアイテムなんだぞ」

「へ？」

「あと、なんかドルグも通常の五倍くらいあるが、もしかしたら珍しい狼だったのかもな」

「これは？」

「だから、お前が倒した狼が落としたんだよ」

「何言ってるんだ？　こいつ」という目でおっちゃんが見てくる。

どうやら狼がカードを落とすことはこの世界では常識らしい。どうやって扱えばいいんだろうと思ったら、

「カード買取所は西のミルの町にあるから、毛皮はそこで売れ。具現化したら売値が下がるぞ」

と親切にも教えてくれた。

カード、具現化ということは、カードがアイテムになるのだろうか？

よくわからないが、そうだと思っておこう。

ドルグは貨幣の単位のようで、取得金額五倍の効果があったみたいだ。

高級毛皮が一枚というのも、ドロップ率が五倍の恩恵か、レアドロップ率UPの恩恵か、はたまたその両方か。ドロップ率四〇％のアイテムなら二個出るのだろうか？

【計算スキルを覚えた】

【計算スキル：計算を行うとレベルが上がる。レベルが上がると暗算能力が大きく上がる】

「うわっ」

急にメッセージが流れて、思わず声を上げてしまった。頭の中で計算していたからだろう

か？

おっちゃんが訝《いぶか》しげに見るが、特に何も訊《き》かずに、持っていた皮袋から何かを取り出した。

「靴を持ってないみたいだな。予備の革靴があるからそれを使いな」

「ありがとうございます」

「気にするな、ワシが逃がしちまった狼がお前を襲ったんだ。そのお詫《わ》びさ」

笑顔を浮かべるおっちゃんに、俺は苦笑した。

確かに、狼は最初からかなり怒っていたが、お前のせいかよ……。

「ところで俺、旅に出たばかりなんですけど、ミルの町の宿代っていくらくらいするのかわかりますか？」

「さぁな、二〇〇ドルグぐらいじゃないか？　宿なんて利用したことないからな」

二〇〇ドルグならぎりぎり宿泊可能だ。だが、護身用の武器とかも買っておきたい。

「そうですか、じゃあ換金して泊まってみます。ところでミルの町ってどっちですか？　西とは聞いたんですが」

「この家を出て左だ」

「ありがとうございます」

革の靴――思っていたよりは履き心地はいいが、衝撃吸収とかはなさそうだ――を履いて、カード二枚をジャージのポケットに入れて礼を言う。

家を出ると、確かに左右に道がのびていた。しかも、先ほどの獣道もどきの道とは違い、幅が広く、車も通れそうな道だ。

「気をつけろよ……あと……いや、いい。詮索するのはやめておくよ」

おっちゃんが何かを言いかけたが、すぐに言葉をひっこめた。

右側に、今は豆粒程度だが人の影が見えた。

俺はとりあえず人の影が見える方向とは反対の左に歩を進めた。

それにしてもいいおっちゃんだった。

ああいう人ばかりなら、この世界も悪いもんじゃないな。

そう思って俺は西へと進んでいった。


三〇分ほど街道を歩き続ける。慣れない革靴に、靴擦れとかの心配をしたが、意外と平気だった。足防御スキルのおかげだろうか？

しばらく歩くと、森の中から木を切る音が聞こえてきた。

木こりがいるようだ。

よく見ると、森の中には切り株がいくつか見えた。

ここで切った木を町に運んでいるとするのなら、町に近いのだろう。

森を抜けるとすぐに壁が見えた。道の先に入口らしき門が見える。何メートルもの高い城壁ではなく、高さ一メートル程度にすぎない石垣の壁だ。

おそらく、人間対策というよりは狼や他の魔物といった魔物対策なのだろう。

さらに近づくと、門の横に女性が立っていた。

褐色肌で、俺より少し年上くらいのお姉さんだ。かなり美人だ。

革の鎧《よろい》を着ており、その中には薄い肌着を着ていた。腰には剣をさげており、これぞファンタジー衣装！　という感じだ。

どうやら門番らしい。

「すみません、町に入りたいのですが」

緊張した口調でそう言った。

「どうぞ」

あっさり通してくれた。

身分を示せとか、通行許可書を見せろとか言われるのかと思ったが。

「あの、カード買取所ってどこにあるんですか？」

「ここをまっすぐ歩いていくと青色の屋根の建物が右側にあるから、そこよ。あと宿は三階建ての建物だからね」

彼女はニッと笑い、教えてくれた。

「ありがとうございます」

と礼を言い、あっさりと町の中に入った。

久しぶりに大勢の人を見た。一週間家の中に引き籠っていたから余計にそう思う。

大勢といっても、町を行きかう主婦っぽい女性たちばかりで大人の男はあまりいない。

それほど大きな町ではないらしい。ほとんどの建物が平屋の家で、時折二階建ての家が見える。

ふと、周りの視線がこちらに向いていることに気づいた……ジャージのせいだろうか？　そういえば狼の返り血を浴びてしまったし、背中は切り裂かれた。

そりゃ目立つよな、と思い自分の服を再度見た。

だが、そこにあったのは土で汚れたジャージだけだ。

（血が消えた？）

狼を倒したとき、返り血を思いっきり浴びたはずだが、その痕跡はまるで残っていない。

あのおっちゃんが洗ってくれたのだろうか？

とにかく、周りの視線は俺のジャージに集まっているんだと理解できた。

確かに、このジャージは室内用で購入しているが、春モデルの最新版だ。つまりは流行の最先端をいっているキングオブジャージであり、注目の的になるのは仕方がない。

右も左もわからないこの状況で目立つ行動は避けないといけないのだが、ジャージが注目を浴びるのは仕方がないだろう。

しばらく歩くと、目的の場所が見えた。

看板にカードの絵が見えるし、ここで間違いないだろう。

扉は開かれており、中にはカウンターがあり、三〇歳手前くらいの男がカウンターの向こうに座っている。笑顔で迎えてくれた。

店の中に入る。他に客はいないようだ。

「すみません、カードの買い取りはこちらでいいですか？」

「はい、こちらですよ」

「これをお願いします」

俺はジャージのポケットの中に入れていた高級毛皮のカードを渡した。

「高級毛皮ですね、三五〇〇ドルグになりますがよろしいですか？」

思ったより簡単に査定が終わった。テレビゲームのソフトの買い取りだと数分から数十分待たされた気がするが、カードの査定は早いのかな。

「もう少し高くなりませんか？　レアアイテムだって聞いたんですが」

「もう春ですからねぇ、これから需要が下がるからこれ以上高くはできないです。保管のできない現物でしたら半値になっているところです」

なるほど、確かに毛皮は夏にはあまり使わないのかもしれない。

「わかりました。じゃあそれでお願いします」

「まいどあり。ドルグはカードで？　それとも硬貨で？」

「どっちがいいんですかね？」

そう尋ねると、店員の男は嫌な顔ひとつせずに答えてくれた。

「カードのほうが楽ですね。ただし、落としても音が鳴らないから気づかないことが多いですよ」

「なるほど……わかりました、とりあえず三〇〇〇ドルグはカードで、五〇〇ドルグは硬貨でもらえますか？」

「かしこまりました」

そう言って、一〇〇〇ドルグカードを三枚と、銀貨を五枚出してきた。

【商売スキルを覚えた。商売レベルが上がった】

【商売：アイテムを売って適正な商売を手にするとレベルが上がる。レベルが上がると商品を見る目が上がる】

いろんなところでレベルが上がるな……。

お金とカードを受け取り、店を出た。

そして、宿の場所はすぐにわかった。

この町の建物は平屋が多く、三階建ての建物が珍しいからだ。門番のお姉さんに感謝しないといけないな。

一番大きい建物は遠くに見える教会だろう。町に入ったときから目についていた。

とりあえず、部屋を確保したい。そう思って宿に入った。

「すみません、部屋空いていますか？」

扉を開けながらそう尋ねると、かわいい女の子がそこにいた。茶色い三つ編み髪の少女だ。同い年くらいだろうか？　少し年下かもしれない。胸は小さいが、それ以外はかなり好みのタイプの女の子だ。

門番の女性は美人タイプのお姉さんだったが、こちらは守ってあげたいタイプのかわいい女の子。

ていうかこの世界、女の子のかわいさレベルが高すぎるだろ。

「ようこそ、ミルの宿屋へ。何名様でご利用でしょうか？」

女の子が笑顔で尋ねる。

どうやら、彼女がこの宿屋の受付らしい。

「ひとりです」

「では、こちらに記入をお願いします」

宿帳を出されて、俺は鉛筆を受け取った。

「はい……あっ」

名前などだろうと思って書こうとしたのだが、ふと気づいた。

項目は「名前」「住所」「年齢」「職業」の四項目。全て日本語だ。

便利だからいいが、異世界らしさがない。万年筆ではなく鉛筆で書いてるし。

とりあえず、名前は「スメラギ・タクト」、住所は空欄で、年齢は一七歳、職業は旅人と書いた。

「一泊いくらでしょうか？」

「一五〇ドルグです。夕食付きなら二一〇ドルグ、夕食と朝食付きなら二五〇ドルグ、燭台《しょくだい》は無料で貸し出しますが蠟燭《ろうそく》は二〇ドルグ、井戸は裏口を出てすぐのところにありますから、お泊まりの間は自由にお使いください。代わりに井戸水を汲《く》むのなら、水瓶いっぱいで一〇ドルグです」

「わかりました。じゃあ、夕食・朝食付きで八日分。あと蠟燭六本と……火はどうすれば？」

「着火装置が部屋にあります」

「そうですか、あと紙と鉛筆をもらいたいんですが」

「紙はこの大きさの紙が二枚で一〇ドルグ、鉛筆は一本一〇ドルグです」

「じゃあ、紙を四枚と鉛筆一本、全部で二五〇ドルグでいいですか？」

パッと計算できた。計算スキルのおかげだろうか？

【計算レベルが上がった】

ついでにスキルレベルも上がった。

「カードでいいかな？」

「はい」

まるでクレジットカードを使ってるみたいなセリフだが、一〇〇〇ドルグのカードを二枚と二五〇ドルグのカードを一枚渡す。

女性は二五〇ドルグのカードを持ち、「具現化」と唱える。すると、カードが銀貨二枚と銅貨五枚に変わった。その銀貨を一枚俺に渡してくれた。

具現化と唱えたらカードがアイテムに変わるのか。

「こちら、おつりの一〇〇ドルグになります。あと蠟燭六本と、紙四枚、鉛筆が一本です」

鉛筆は削られた状態のためすぐに使えそうだ。ただ、芯が折れたらどうしたものか。鉛筆削りとかはなさそうだ。

「では、お部屋に御案内いたしますね」

食堂のような場所の近くにある階段を上がると、二階に部屋があった。

ベッドとテーブル、椅子と棚のみの簡素な部屋だ。髭面のおっちゃんのログハウスといい勝負だ。

一階には和式のトイレはあったが、風呂はない。この町では風呂に入る習慣がないのかもしれない。

あとでタオルでも買って水で身体を拭こう。いや、その前にジャージを洗わないとな。

「夕食は日が沈んでから、教会の鐘が鳴るまでにお越しください」

「教会の鐘っていつ鳴るんですか？」

「この時期だと、太陽が沈んでから二時間後くらいでしょうか？　朝食はお部屋にお持ちいたします」

「助かります……あ、そうだ、これ」

ポケットの中の銀貨を二枚彼女に渡した。

「ありがとうございます。では御用があればなんなりとお申しつけください」

感謝はするが特に驚いた様子を見せない。チップの制度はこの世界では当たり前にあるようだ。

安すぎる、ということはないと思いたい。

とりあえず、俺は紙をテーブルに置き、鉛筆で書いていく。

俺の持っているボーナス特典とスキルの確認をしたかった。

まずはボーナス特典だ。

【経験値六四倍　モンスタードロップアイテム　取得金額五倍　レアアイテムドロップ率大幅ＵＰ】

このあたりはチートの定番か。倍数操作。おそらくだが、経験値というのはスキルを上げるもので、一般におけるゲームのレベルではないのだろう。

【瞬間移動】

……使えるのだろうか？　ＭＰ（マジックポイント）が必要かもしれないな。明日試してみよう。

【記憶継続】

相変わらずわからない。

【伝説魔法取得可能】

一番ボーナスポイントを使った項目だが、取得可能というだけなので、今は使えないだろう。

【スキルスロットＭＡＸ、スキル変更技術　スキル簡易取得】

スキルに関連した項目。スキルスロットってことはスキルを装着できる数が決まっているのだろう。

スキル変更技術というのは、スロットに入れるスキルを選ぶ技術だろうか？

【トリプル魔法　消費ＭＰ１／２　魔法属性全取得可能　歩くたびにＭＰ回復】

このあたりは魔法に関したものか。そもそも魔法をどうやって使えばいいのかわからない。

【ハーレム】

全く意味がわからない。いや、なんとなく理解してます。すみません、ウソをつきました。でも、このボーナス特典がどのように発揮するのかは本当に見当がつかない。

【ペット強化　カード収納魔法　カード化魔法】

このあたりもなんとなく意味はわかるが、それでもはっきりとした使い方はわからない。

【ナビゲーション　裏メニュー】

これらはわずか1ポイントで手に入れたボーナスだ。

「メニューか……メニューってあれだよな」

そう思い、頭で「メニュー」と念じる。

すると、脳裏にはっきりとイメージが浮かび上がった。

目を開いてもそれは続いている。まるで目とは別の視覚器官を持ったようだ。

メニューの項目には、

【スキル着脱　収納カード一覧　裏メニュー　ナビゲーション】

の四つ。試しにスキル着脱を選択してみると、

【採取２・毒耐性３・拳攻撃５・伐採３・棒術２・足防御１・投擲２・逃走２・身体防御４・獣戦闘３・計算２・商売２・空き・空き・空き・空き・空き・空き・空き・空き】

と現れた。取得した順番に、表示されているようだ。

空きが８あり、覚えているスキルが12ある。どうやらスキルは20まで装着できるようだ。

試しに、採取を強く念じると、【採取２・外す】の二項目が現れた。外すを選択し、今度は毒耐性を強く念じる。【毒耐性３・採取２・外す】の三択になった。

毒耐性3を選び、空きを選択し、再び採取2をつける。

簡単にスキルを設定できた。

次に裏メニューを選択する。

【現在は表示する項目がありません】

使えなかったようだ。

次にナビゲーションを選択する。

【現在、ナビゲーション機能はオンになっています。ナビゲーション機能をオフにしますか？】

と脳内に流れた。オフを選択してみる。しかし何も変わらない。

再びナビゲーションをオンにしてみる。

【ナビゲーション機能がオンになりました】

と、スキルレベルが上がったときと同じメッセージが頭に響く。

なるほど、スキルレベルが上がったときのいわゆるシステムメッセージがナビゲーションと呼ばれているのか。

とりあえずオンにしておく。

次に、所持金を確認することにした。一〇〇〇ドルグのカードと、銀貨四枚。一四〇〇ドルグか。

「ＲＰＧなんだし、武器を買って魔物狩りがいいかな。まだ昼になったばかりだし。とりあえず、部屋を出ていろいろ実験しよう」

階段を下りると、食堂でテーブルを拭いているさっきの女の子を見つけた。

「ちょっと出かけてくるんだけど、武器屋ってどこにあるのかな？」

「武器屋なら、教会の中にありますよ」

「教会の中に？」

教会の中にある武器屋のイメージが全く湧いてこない。

教会って「右の頬を叩かれたら左の頬を差し出しなさい」みたいなことを言って戦うことを禁止していそうな場所なのに。

それとも、神官武器の代表である金属棍棒《メイス》の専門店だろうか？

「武器屋の工房が火事になってしまったんですよ。とりあえず、神父様が店が建て直されるまで、教会の中で宿泊と営業の許可を出してくださったのです」

「へぇ、いい神父さんなんですね」

融通が利くというか、普通にいい人のようだ。

「あと、森に魔物って出るんですか？」

「はい、ノーマルモンスターでフワットラビットと、ワンウルフの二種類ですね。あとレアモンスターでキングウルフがいますが、めったに出ませんし、区別はつかないですね」

さっき倒した狼はどっちだったのだろうか？　フワットラビットは弱そうだ。

ワンウルフ。一匹狼という意味か、犬の鳴き声の狼という意味か、どっちが正解なのか、それも気になる。

「ありがとう、助かったよ」

そう言い、チップを取り出そうとしたのだが、

「あ、チップはこれ以上いただけません。先ほどいただいた銀貨は八日分なら十分な額ですから」

一回分と思ったら、八日分と思ってくれていたようだ。

「じゃあ、また何かあったらよろしくね」

そう言って、宿を出た。

教会はすぐにわかった。町で一番大きな建物だ。

大きいといっても、宿屋より少し高いところに十字架がある程度で、その下に大きな鐘のぶら下がった鐘楼がある。

（十字架ってイエス・キリストが磔《はりつけ》にされた形具をシンボルにしてるんだよな？　こっちの世界にもそういう逸話があるのだろうか？）

そう思いながら教会の戸をくぐる。

【信仰（神）スキルを覚えた】

【信仰（神）：神に敬意を示すとレベルが上がる。レベルが上がると魔力が少し上がる】

教会に入っただけでスキルを覚えることができた。甘すぎるだろ、判定基準……。

あと、信仰（神）ということは他の信仰スキルもあるのだろうか？　仏教なら信仰（仏）とか、邪教なら信仰（邪）とか。

それにしても魔力か。やはりMPとかあるのかな。

教会の中はガラス（ステンドグラスではない）から光がさしてそれなりに明るい。

奥で神父さんとおばちゃんが何やら話している。

扉を閉めると、その音で気づいたのかおばちゃんがこちらを見てきた。

「おや、旅の方かい？　見たことのない服を着てるね。どこから来たんだい？　若いのに大変だねぇ。宿は決まったのかい？　よかったらいいところ紹介するよ、といっても、この町には宿は一軒しかないけどね」

いきなり質問のマシンガンを喰らった。

「宿はさっきとってきました。武器屋があるって聞いてきたのですが？」

「あぁ、武器屋なら私だよ、こっちに来な」

おばちゃんはそう言って、隣の部屋に入っていこうとする。

俺はとりあえず神父さんに会釈をし、ついていった。

「ここは本当は応接間なんだけどね、神父さんが貸してくださったのよ。タダで。もちろん、儲《もう》けがでたら寄進させていただくつもりさ」

「へぇ、そうなんですか……ところで、武器を見せてほしいんですけど。九〇〇ドルグくらいのものを」

「九〇〇ドルグかい？　どういう武器がいいんだい？　魔法を使うなら杖、あと剣、弓矢はやめておきな、九〇〇ドルグじゃすぐに矢が尽きちまうよ」

「とりあえず、狼狩りに適した武器は何がいいですか？」

「なら、弓矢だね」

おばちゃんが矛盾したことを言う。さっきはやめておけって言ったのに……。

「安全だからさ。狼狩りをする冒険者はまだ初心者だから、防御もしっかりと整っていない。なら、遠距離攻撃が一番さね」

「なるほど……他には？」

「そうだね、短剣がいいよ」

「短剣？　危険じゃないですか？」

「狼は素早いからね、素早く使える短剣のほうがいいよ。一撃必殺の大剣だと、外したときに危ないだろ？」

なるほどな。それなら短剣でいこうか。

「短剣はどんなものがありますか？」

「予算内だとこれだね。疾風のダガー。軽いが威力は確かだよ。八七〇ドルグ。予算をオーバーしてもいいなら、この百獣の牙だね」

一本はきれいな短剣。一本は刀身が獣の牙を削ったかのようなナイフだ。どちらかといえば疾風のダガーのほうが威力がありそうだが。

「これは、ランニングドラゴンの牙を加工していてね、速度小UPのスキル効果があるのさ」

竜の牙なのなら、百獣の牙は名前に偽りありじゃないのだろうか？

「なるほど……ちなみにおいくらで？」

「一五〇〇ドルグだよ」

「あはは、完全に予算オーバーです」

所持金が一四〇〇ドルグしかないからな。このままの値段だと逆立ちしても買うことができない。

「なんとか、一〇〇〇ドルグになりませんか？」

と交渉してみる。このおばちゃんは話好きみたいだし、なんとかなりそうな気がした。

「無茶言わないでおくれよ、貴重な牙を使っているんだからさ。一四五〇ドルグでどうだい？」

「そこをなんとか、いい武器を使いたいんですが、薬も買い揃えないといけないので、一二〇〇で」

「わかったよ、確かにそんなへんてこな格好をしてたら怪我しそうだし、あんたに死なれたら目覚めが悪いわ。一三〇〇でいいわよ」

「ありがとうございます」

お礼を言い、一〇〇〇ドルグのカードと銀貨三枚を渡す。

【値切りのスキルを覚えた。値切りレベルが上がった。値切りレベルが上がった。値切りレベルが上がった。値切りレベルが上がった。値切りレベルが上がった】

【値切りスキル：適正価格より安く商品を買うとレベルが上がる。レベルが上がると物の価値が少しわかる】

いっきに値切りレベルが6まで上がった。

拳スキルがいままで最高の5だったので、一番レベルを上げたことになる。

店（というか応接間）をあとにしようとしたら、おばちゃんが呼び止めて、

「あと、薬も買っていくんだよね。傷薬なら一個三〇ドルグだけど、四個で一〇〇ドルグでいいよ」

「商売上手ですね。じゃあ四個ください」

まけてもらったが、値切りレベルは上がらなかった。

確かに値切った結果ではなく、おばちゃんが最初から提示した値段だ。

「まいどあり。気をつけるんだよ、狼はめったに出ないけど、凶暴だからね」

「ありがとうございます。まずはナイフスキルを鍛えてみます」

「呆《あき》れた、短剣スキルを持ってなかったのかい。覚えるには一〇〇回は対象に当てないといけないよ」

そんなに大変なのか。でも、そのあたりはボーナスのスキル簡易取得でなんとかなると思う。

「大丈夫です、木に向かって練習しますから」

そう言って、応接間を出た。

初老の神父様はまだ先ほどの場所にいたので、会釈し、教会を出た。


先ほどよりも少し人の増えた通りを移動し、門に移動する。

入口に門番のお姉さんがいた。

「少し出ますね。夕方には戻ります」

「はいよ、夕方に戻らなくても捜索隊は出せないよ」

「了解です」

物騒なことを言ってくる。

お姉さんが見えなくなったあたりで、森に入る前に手頃な木を見つけた。

百獣の牙という名のナイフを鞘《さや》から取り出し、自分なりに構えてみる。

木に一回ナイフを叩きつけると、

【短剣スキルを覚えた。短剣レベルが上がった】

【短剣スキル：短剣で攻撃をするとレベルが上がる。レベルが上がると物理攻撃力が少し、短剣での攻撃力が大きく上がる】

やはり、簡単に覚えて簡単に成長する。

何回か木に向かってナイフを振るうと、一気に短剣レベルは6にまで上がった。値切りと同じレベルだ。

それとともに、木にできる傷も深くなっていく。

「よし、短剣スキル7になった」

さすがにレベル6から7になるのには時間がかかった。一五〇回くらい木にナイフを振った気がする。

通常なら一万回は必要という計算になるから驚かされる。

おそらく、魔物退治をしたほうがスキルは成長しやすいのだろう。

「じゃあ、最後に試してみるか」

俺は全力でナイフを木に叩きつける。

深くめり込むが、ナイフは木を真っ二つにするまでにはいかなかった。

「ま、無理だよな」

木からナイフを抜き、鞘に戻した。

刹那《せつな》――木が真っ二つに割れた。

【伐採レベルが上がった。伐採レベルが上がった。伐採レベルが上がった。伐採レベルが上がった。伐採レベルが上がった】

「何が起きたんだ」

伐採レベルが一気に8にまで上がっていた。

どうやらかなり経験値の高い木だったらしい。

「また武器レベルよりも生活スキルが上になったのか」

なんともかっこ悪い。

そう思った。


二時間が経過した。森の中に入り、ウサギを探して歩くが、意外と見つからない。

街道沿いだからだろうか？　だが、街道から外れたら道に迷いそうだしな。

太陽も傾きだした。

「飯もあるし、そろそろ帰るか」

そうひとりごちたとき、茂みが動いた。

――なんだ！

すると、茂みが動きをやめ、走り去る音が。

「逃がすかっ！」

そう言い、茂みをかき分けると、そこに丸々とした白いウサギ（?）がいた。サッカーボールくらいの球のようなウサギだ。

【索敵スキルを覚えた。索敵レベルが上がった。索敵レベルが上がった】

【索敵スキル：探していた敵を見つけるとレベルが上がる。レベルが上がると敵の気配を読めるようになる】

索敵スキルを覚えたらしい。

フワットラビット、討ち取るぞ！

それほど速いわけでもないので、思いっきりナイフを叩きつける。

『みゅうぅ』

かわいい声を上げ、ウサギから血が飛び出た。思いっきり返り血を浴びた。

スキルは一切上がらなかった。

短剣スキルは上がったばかりだから仕方ないとはいえ、獣戦闘スキルは上がってもいいんじゃないか？　とも思ったが。

まぁ、弱かったから、数十羽倒してもレベルは上がらないということか。

あと、魔物を倒すとカードを落とすということだが、どこに落ちたんだ？

と思ったとき、ウサギの姿がゆっくりと透明になっていき、同時に俺にかかった返り血も消えた。

まるで魔法だ。狼を倒したときの返り血も今回のように消えたのだろう。とすれば、ナイフの手入れも楽でいいな。

残ったのは五枚のカード。

ウサギ肉・ウサギ肉・ウサギ肉・ウサギの角・一〇〇ドルグ。

ウサギ肉三枚にウサギの角か。一〇〇ドルグ……銀貨一枚か。

「兎《と》に角《かく》、儲かったな……あ、ギャグじゃないぞ」

誰もいないのに言い訳をしながら、もう少しウサギを探してみることにした。

なんとなくあっちにいる気がする、という直感があったからだ。

すると、

（いた、今度は二羽だ）

索敵スキルの効果だろうか？　簡単にウサギを見つけることができた。

白いボールがふたつ転がっているようにも見えるが、草を食《は》んでいるようだ。

【索敵スキルが上がった】

また索敵のレベルが上がった。

しばらく様子を見ていると、ウサギは草を食んでいるだけで動こうとしない。

……魔物だしな。

かわいそう、という感情が一瞬よぎったが、

「悪い」

ナイフを振り下ろす。

一羽が血飛沫《ちしぶき》を上げて絶命し、もう一羽が逃げ出そうとするが、ナイフをウサギから引き抜き、もう一度ナイフを振り上げて振り下ろした。

【獣戦闘レベルが上がった。短剣レベルが上がった】

今度はふたつレベルが上がった。

これで短剣レベルは８だ。

ウサギの死骸が消え失せ、カードが残る。

ウサギの肉が七枚と、二〇〇ドルグ。ウサギの角はなかった。代わりに、

「これ、さっきのウサギ？」

フワットラビットと書かれたカードが落ちていた。さっきのウサギの絵も描かれている。

どういうカードなのかよくわからないが、カードを全部ポケットに入れ、町のほうへ戻っていった。

途中、切り株になった木を発見した。ナイフの練習をしていた木だ。倒れた木が見つからないから、誰か持っていったのだろう。

まぁ、木の販売の仕方なんてわからないから別にいいんだが。

しばらく歩き、町の門のところにいく。

お姉さんがいなかった。代わりに眠そうな男が立っている。

そのまま、歩いてカード買取窓口へいく。

中には冒険者風の男がふたりいたので、順番を待つ。

少し話をしていたので、五分ほど待たされたが、俺の番になった。

「すみません、買い取り前に聞きたいんですが、これって」

「ほう、フワットラビットのカードですね。一万二〇〇〇ドルグですよ」

思わぬ高値に俺は驚きを隠せない。

「これってそんなに価値があるんですか？」

「フワットラビットはかわいいですから、王都の貴族の間でペットとして人気があるんです」

「ペット、普通に捕まえるだけじゃだめなんですね？」

「カードになる前の魔物は凶暴で、人に懐くことはほとんどありませんから、ペットにはできません。カード化したら、具現化した人に服従しますから」

なるほど――つまり、カード化した魔物は飼うことができるようになるのか。

仲間になりたそうな目でこちらを見てくるとかそういうイベントはないようだ。

「めったに出ないんですが、お客様がご自身で手に入れたのですか？　フワットラビットのカード化は確率でいうと一万分の一程度といわれていますが」

「え、いいえ、両親から。何かあったら換金しろって言ってくれたんです」

とりあえずウソをつくことにした。レアドロップ率UPの恩恵だろうが、そこは黙っておく。

「あと、ウサギの角っていくらで売れます？」

「ウサギの角はカメの毛と合わせたら万能治療薬の材料になりますからね、五〇〇〇ドルグで買い取らせてもらいますよ。カメの毛とセットだったら一万二〇〇〇ドルグですね」

またもや高値だ。

ウサギの角とカメの毛って、どちらも存在しないもののたとえだ。あとは蛇の足などもあるのだろうか？　あれは少し意味が違うか。

「ウサギの肉は？」

「一〇ドルグですね」

こちらは通常運転といったところか。まぁ通常ドロップアイテムっぽいしな。

「じゃあ、フワットラビットとウサギの角を買い取りお願いします」

そう言い、一万七〇〇〇ドルグもの大金を手に入れた。

【商売スキルが上がった。商売スキルが上がった】

これで、商売スキルが2上がって、4になった。

そして、そのまま宿には戻らず、教会にいった。

神父さんはいなかったが、武器屋のおばちゃんは応接間ではなく教会で祈りをささげていた。

「どうもぉ」

「おや、昼間の。どうだった？　ウサギはとれたかい？」

「えぇ、百獣の牙の威力がすごかったのか、なかなか好調でした」

そう言って、ウサギの肉のカードを二枚渡す。

「これ、お礼です。夕食は宿で出るので、俺には宝の持ち腐れですから」

「おや、いいのかい？　ありがたくもらっておくよ。神父様にもひとつ分けておくね」

神父様も肉を食べるのか。

そういえば、日本で哺乳類の肉を食べるのが禁止になったときも、ウサギだけは食べていい時期があったっけ？

ウサギは鳥だからとか妙な理屈をこねていた。だから、ウサギの数え方は今でも〝羽〟だとか。

「それで、軽い盾が欲しいんですが」

「盾だね。木の盾なら二〇〇ドルグ。他にはないんだよ、これでいいかい？」

「はい、軽くてちょうどいいです」

一〇〇ドルグカードを二枚渡し、盾をもらう。

値引きスキルを成長させようかとも思ったが、十分儲かったので今日はもういい。

教会を出て、宿に戻る途中、信仰（神）レベルが上がった。

たぶん、おばちゃんが俺からだといって神父様にウサギの肉を渡したためだろう。

（信仰か……）

そういえば、この世界の神って、俺のことをどう思っているんだろうか？

自分の世界の存在ではない、俺という異物。

神がいるのだとしたら、その存在はすでに俺のことを認識しているのだろうか？

明らかにこの世界の理《ことわり》から外れたチート持ち。

いつか、報いが来るのかもしれない、

「なーんてな」

俺は笑いながらそう言って、宿屋へと戻っていった。今はこの異世界ライフを楽しもうと、そんなことを思っていた。


宿屋に戻ったころ、ちょうど太陽が沈んだときだった。

「スメラギさん、お帰りなさい、夕食の準備ができていますよ」

宿屋の娘さんが笑顔で出迎えた。

奥のほうからいい匂いが漂ってくる。スープだろうか？

「ありがとうございます、あとこれ、お土産です」

俺は残りのウサギの肉カードを宿屋の娘さんに渡した。

「明日の夕食にしてくれないかな、残った分は好きにしていいから」

「いいんですか？　私もお姉ちゃんもウサギのお肉大好きなんです。しっかり料理しますから楽しみにしていてくださいね」

宿屋の娘さんがとてもかわいらしい笑顔を向けてくれた。

いいなぁー、この会話。

まるで新婚夫婦の会話みたいでとても耳あたりがいい。

それとお姉さんがいるのか？　彼女に似て美人なんだろうな。

「そういえば名前を聞いてなかったですね」

「あ、私はミーナです」

「ミーナさんですか、いい名前ですね」

「はい、自分でも気に入っています」

満点をあげたいくらいの笑顔でこたえてくれた。かわいいな、こんちくしょー。

夕食は野菜のスープとパンだった。

パンは硬くて、お世辞にもおいしいとはいえないが、木のスプーンを使って飲んだ野菜のスープは心まで温まるほど絶品だった。

思わずおかわりと叫びたくなるところだが、さすがにそれは思いとどまった。

俺が一番だったみたいだが、あとから他の部屋の客が数人やってきて、すぐに満席になった。

奥からさらに客が来たので、俺は入れ替わるように食堂を出た。

結構儲かってるんだな、この宿。

部屋に戻ろうかと思ったら、
門番のお姉さんが階段の前にいた。

「お、あんた、うちの客だったんだね」

「うちの客？　もしかしてミーナさんのお姉さん？」

「そうさ、ミーナは私の妹さ」

なるほど、肌の色が違うが、美人なのは確かだ。

「ウサギはとれたのかい？」

「ええ、それなりに。といっても俺はウサギの肉を必要としませんから、妹さんに渡しておきましたよ」

「おぉ、ありがとうね。私、あれ大好きなんだよ」

そう言って、彼女は俺の目を見ると、

「これはお礼よ」

なんて言って、右頬に唇を押しつけてきた。

柔《やわ》らかい感触が直に伝わる。俺は真っ赤になった。

「あはは、ウブね。頬にキスなんて挨拶みたいなもんでしょ」

お姉さんは俺の肩を叩いて食堂に向かった。

ひとり残された俺は――。

（異世界サイコ――――）

と胸の内で歓喜していた。

部屋に戻り、腹具合を確認した。

一週間ろくな食生活をしていなかったのは幸いといえる。胃が小さくなっていたため、食事の量を少ないと感じることはなかった。

そしてベッドに横になる。

蠟燭を使おうかとも思ったが、することもないので休むことにする。

（当たり前だが、異世界……なんだよな）

することが多かったので、改めて考える暇などなかった。

（ゲームの中……かもしれないが、どちらかといえば〝ゲームの中〟風にイメージされた異世界だろうか。食事の味はしっかりしているし、歩いたら疲れるし、何より）

俺は背中に手を回した。

ジャージが破れている。ショックなことに破れている……。

（あのときの痛みは夢や幻なんかじゃない）

死を意識した。死と隣り合わせという事実を意識した。

これは、夢なんかじゃない。ゲームなんかじゃない。

「眠れないな……」

良眠スキルとかボーナスでもらえなかったのだろうか。

あ、でもベッドは寝心地いいかも。俺、高校になって兄貴と暮らし始めてからベッドとか使ってなかったからな。

眠れないと言いつつも、異世界疲れはあるらしく、意識を手放すのに時間はかからなかった。

だが、その眠りも簡単に妨げられる。

教会の鐘の音だ。

夕食提供終了のお知らせだ。食事中にミーナから聞いたが、町の人はこの音で眠りにつくという。そして、夜明けにもう一度鐘が鳴り、町の人が全員起きるらしい。

それまでは一〇時間くらいあるな。

ゆっくり寝させてもらおう。

疲れがたまっていたのか、それとも異世界でもうまくやっていけることに安心してしまったのか、俺はあっさりと眠りについてしまった。

第二話

盗賊来襲

ANOTHER KEY

- Game Start
- Continue
- Game Setting
- END

朝の鐘の音がする。夜明けを告げる鐘だ。俺もその音で目が覚めてしまったが、重いまぶたは俺の脳に「あと五分」電波を発射、さらなる睡眠へと誘《いざな》った。

再び起きたのは鐘の音ではなく、ミーナの声だった。

「スメラギさん、朝ごはん、置いておきますね。食器は置いておいてくだされればお昼に下げますから」

その声に目を覚ますと、ミーナが出ていく姿が見えた。扉が閉められたのを確認し、上体を起こす。

挨拶し損ねたな。

朝ごはんは昨日の硬いパンと牛乳とサラダだ。

とりあえず、のどが渇いたので、水道の水を飲もうとしたが、そんなものはないのに気づき、牛乳を飲む。

そしてパンを食べた。硬い。

サラダはおいしかった。マヨネーズがあれば最高なんだが。

メニューを開き、スキルを確認する。

寝ている間に増えたスキルはなかった。

【採取２・毒耐性３・拳攻撃５・伐採８・棒術２・足防御１・投擲２・逃走２・身体防御４・獣戦闘３・計算２・商売４・信仰（神）２・値切り６・短剣８・索敵２・空き・空き・空き・空き】

一番レベルが高いのは伐採。次が短剣か。

数も増えてきたので、そろそろ取捨選択の時期も来るだろう。値切りや商売はいらないか。

計算も普段はあまり必要ない。通常の計算ならスキルがなくてもできる。

とりあえず、魔法とか使いたいけど、どうやったら使えるんだ？

「魔法ってどうやったら使えるんですか？」と訊いたら変な目で見られそうだしなぁ。

特にミーナとは良好な関係を築けているので、「え、スメラギさんそんなことも知らないんですか？」とか言われたくない。

ミーナのお姉さんも同様だ。

ならば、あの人に訊こう。

俺は木の盾と短剣を持って、部屋を出た。

宿のロビーにいってもミーナの姿は見えなかった。買い物にでも出かけたのだろうか？

それにしても、盾は持ち運ぶにはちょっと不便だな。カードにならないだろうか。

「カード化ってボーナス特典があったなぁ」

70ポイントと、意外と高いボーナスだ。

思い出して、盾に「カード化」と念じてみる。

すると、盾は縮んでいき、一枚のカードになった。

カードの名前は木の盾。さっきの木の盾のイラストも描かれている。

「お、成功だ……っと、なんかほんの少しだけ疲れたな……ＭＰを消費したのか？」

とひとりごちていると、

【魔法技能スキルを覚えた。魔法（特殊）スキルを覚えた。魔法（特殊）レベルが上がった】

【魔法技能スキル：魔法を使うとレベルが上がる。魔法を使うのに必要なスキル。レベルが上がると魔力が上がる】

【魔法（特殊）スキル：特殊な魔法を使うとレベルが上がる。レベルが上がると魔力が上がる】


一気に二種類スキルが増えた。期せずして魔法スキルを習得したようだ。

そうだ、もうひとつ。

今度は「カード収納」と念じてみる。すると、持っていた木の盾のカードが消えた。

次にカード出てこい、と念じると盾のカードが出てくる。

「これは便利だ」

しかも、カード収納やカードの取りだしは疲労感はまるでない。

その代わりレベルも上がらなかったが。

今日は魔法レベルを上げてみよう。

ということで、教会の武器屋を訪れた。

「おばちゃん、魔法の使い方わかります？」

自分で言って、バカな質問だと思った。

だが、おばちゃんは特に気にすることなく教えてくれた。

「魔法かい？　魔法書なら回復の魔法書と火の魔法書があるよ。どっちも神殿に奉納されている第一写本から写し取った第二写本だから高いけどね」

「第一写本？　第二写本？」

「魔法書には強大な力を持った原典があってね、教会の本部とか王国の宝物庫とかに奉納されているんだよ」

「それを写したのが第一写本？」

「そうさ。さらにそれを写したのが第二写本さ」

「それを写したら第三写本になるのか。第三より第二写本のほうが高いんですか？」

「そうだよ。たとえば、第二写本をもとに第三写本を作ったとき、元になった第二写本がなんらかの原因でなくなったら、そこから写された第三写本も魔法が使えなくなるのよ」

　なんとなくだが理解した。

　魔法を使うにはその写本が必要なのか。

「魔法書は常に持っていないといけないんですか？」

「そんなことないよ。一度契約したら、どこかの金庫に保管してもらえばいいのよ」

「そうか……で、値段はいくらです？」

「一冊三〇〇〇ドルグだよ」

「じゃあ、二冊で五〇〇〇ドルグにまけてください」

「いきなりだね」

　おばちゃんは苦笑しつつも了承してくれた。

「あんたにもらったウサギ肉がおいしかったからね。それに、正直売れなくて困ってたのよ」

「回復魔法とか便利なのに？」

魔法への憧れの強い俺からしたら意外な話だ。

特に医療技術が発達していないこの世界なら、余計に必要な魔法じゃないのか？

「魔法を覚えるには、魔法技能スキルっていうのが必要なのよ。でも、魔法技能スキルを覚える魔法を使えないといけないの」

「あぁ、確かに矛盾がある」

「だからね、魔法を使えるのは、生まれつき魔法技能を持った人か、生まれつき魔法を覚えてる人だけなのさ。確率でいえば三〇人にひとりだね」

天才と呼ばれる人ということか。

つまり、俺もボーナススキルがなかったら一生魔法が使えなかったということか。それとも、他に抜け道があるのだろうか？

「この村で魔法が使えるのは神父様だけだよ。神父様はすでに回復魔法は使えるし、火の魔法は才能がないっていうからさ、売れ残って困ってたのよ。あんたはこれをどうするんだい？」

「覚えられるのなら覚えて、無理なら知り合いにあげます」

そう言い、一〇〇〇ドルグカードを五枚渡した。値切りスキルのレベルも1上がっていた。

宿に戻り、鉛筆で魔法書の契約者欄に名前を書く。

【魔法技能レベルが上がった。魔法技能レベルが上がった。魔法技能レベルが上がった】

一気に魔法技能のレベルが4つも上がった。これで魔力が上昇しているのだろう。

契約しただけでもスキルレベルが上がるのか。

そして、再び魔法書を見る。

魔法書は難しいことがいろいろ書いてあるが、

『炎の初級魔法ファイヤーボール、炎の中級魔法ファイヤーウォール、炎の上級魔法ファイヤーフィールド』

の三種類が使えるということ、

『傷治療魔法リカバリー、体力回復魔法リザレクション、毒回復魔法アンチポイズン、麻痺《まひ》回復魔法アンチパラライ、石化回復魔法アンチストーン』

の五種類が使えるということが書いている。

さすがに蘇生《そせい》魔法は存在しないか。リザレクションとか、それっぽい名前なんだが、ただの体力回復魔法なんだよな。

さっそく使ってみることにする。

「リザレクション！」

自分に向かってリザレクションの魔法を使ってみる。

すると、体力が回復した……気がしたが疲労も出てくる。ＭＰ消費によるものだろうか。

【魔法（治癒）スキルを覚えた。魔法（治癒）レベルが上がった。魔法（治癒）レベルが上がった】

【魔法（治癒）：回復魔法を使うとレベルが上がる。レベルが上がると魔力が上がる。回復魔法の効果が大きく上がる】

次に炎のスキルを使ってみようと思ったが、さすがにそれは危ないだろう。

魔法書にカード化と念じる。

魔法書はカードに変わった。次にカード収納を念じる。二枚のカードは虚空へと消え失せた。

「リザレクション」

体力はこれ以上回復しないのか、変わった気がしない。むしろ、精神的な疲労感のほうが大きい。

【魔法（治癒）レベルが上がった】

魔法レベルが上がるということは、効果が発動しているのだろう。つまり、魔法書をカード化して収納しても魔法は使えるということだ。とても安心できる。

それと、もうひとつ。試してない魔法があった。

周囲に誰もいないことを確認すると、にやりと笑みを浮かべ、試してみたかった魔法を唱える。

「瞬間移動」

そう唱えると、突如世界が変わり、俺は海にいた。

成功だ、俺は今、海にいる。波の音が聞こえてくる。

もしかして、これで元の世界に戻れるんじゃないか？　と思って、自分の汚い部屋を思い浮かべ、

「瞬間移動」

と魔法を唱えた。残念だが何も起こらない。やはり日本には移動できないようだ。

そう甘くはないということか。

俺がたどり着いたのは異世界に来たときにいた海岸だった。

ここに来たのには理由がある。

日本からたどり着いたのがこの場所なら、ここに何か元の世界に戻る手がかりがあるのではないかと思ってのことだ。

だが、見て回っても何もない。あるのは砂と岩と大きな海だけ。

海の中に手がかりがあるのかと思ったが、水着の用意はもちろんしていないし、何かがあるとは思えない。そもそも俺は泳ぐのが得意でないからな。

諦めて帰ろうか、と思ったが、海に来たんだから帰る前にやることをやっていこう。

俺は海を向いて、大きく息を吸った。

そして、息を吐き出すように、大きな声を上げた。

最大のテンションで。

「うぅみだぁぁぁぁぁぁぁぁっ！！！」

「きゃっ」

俺の叫び声に反応し、岩の向こうから短い悲鳴が聞こえた。

誰かいるのかと思い、岩の向こうを見てみた。

「ミーナさん？」

そこには宿屋の看板娘、昨日知り合ったばかりのミーナがいた。

「スメラギさん、いつの間に？」

「ごめん、驚かせちゃったかな」

「いえ、大丈夫です。私こそ驚かせてすみません」

「ミーナさん、何してるんですか？」

「ふふふ、ミーナでいいですよ。あと敬語もいりません、スメラギさんのほうが年上なんですから。私はスプスプの実を採りにきたついでに貝を拾おうと思ってきたんです」

彼女が見せてくれたのは、昨日食べた酸っぱいレモンもどきだ。毒耐性が上がる果実だ。

「この果汁は水で薄めると酸味がきいていて、肉料理や魚料理にかけるとさっぱりしておいしいんですよ」

なるほど、そのまま食べるのはいけないが、水で薄めたらいいのか。

「スメラギさんはどうして？　ここは町から結構遠いんですよ」

「辛いことがあると、海を見たくなるんだ」

なんてキメ顔でカッコイイことを言ってみる。まさか、瞬間移動の実験ですなんて言えない。でも咄嗟《とっさ》に出てしまった言い訳にしては、今のはやばいな、変な人とか思われないだろうか。

「わかります……私もお父さんとお母さんが盗賊に殺されたとき、ここで泣いていました」

「え……」

「あはは、三年も前のことなんですけどね。今でも思い出すんですよ。お父さんとお母さん、ここで貝を拾ってるときに盗賊に襲われたって、町長さんが言ってました」

悲しそうな笑みを浮かべるが、涙は見せていない。

俺より年下らしいのに、とても強い女の子だ。

「お父さんとお母さんが残していった宿があったから頑張れたんです」

ミーナはいつもの満面の笑みで俺に言った。

「それに、お姉ちゃんがいましたから」

「あぁ、元気なお姉さんだよね。何度か会ったけど、名前は聞いてなかったな」

「お姉ちゃんとも知り合いなんですね。名前はサーシャですよ」

「そうか。じゃあ、ミーナさん……ミーナ、貝拾い手伝うよ。昨日儲かったからさ、今日は魔物狩りは休もうと思ってたし」

「いいんですか？　助かります」

それから、俺は貝拾いを一緒に頑張った。

採取レベルが上がった。

貝拾いを終えた俺はミーナと一緒に森を歩いていた。

ワンウルフに襲われた道だが、あのときはおっちゃんが狩りに失敗したのが原因らしいし、今は魔法や武器もあるから問題ないだろう。

決死の一撃も今日は使えるはずだ。

「スメラギさんのおかげで早く終わりました」

「俺もいい気晴らしになったよ……あれ？」

直後、背筋に悪寒が走る。

何かがいる気配だ。ウサギとは違う、これは――。

「何か来る……ワンウルフか」

「本当ですか？　この時間はワンウルフは夜行性で朝は寝てるはずなんですが」

そうなのか。でも昨日のこともあるし、なにより、俺の索敵スキルがびんびんだ。

「たぶんワンウルフだ。昨日もこの時間に襲われたから」

茂みが動いた。直後、牙を持った獣が現れる。間違いない、昨日と同じ種の狼だ。

「ファイヤーボール！」

俺が叫ぶと、小さな火炎の球が飛び出し、ワンウルフにぶつかる。スキルのレベルアップのメッセージが聞こえたが、意識はそちらには向けていられない。

ワンウルフはまだ生きているからだ。

「これでもくらえ」

己の顔の毛が燃えているにもかかわらず襲いかかるワンウルフの眉間めがけて、俺は百獣の牙のナイフを振り下ろした。

深く突き刺さったナイフから手を離すと、狼はすでに絶命していたのかそのまま横に倒れた。

少しして、ワンウルフがカードに変わった。

スキルを確認してみると、今の戦いで、魔法（火炎）スキルを取得しそのレベルが2に、獣戦闘レベルも上がった。短剣レベルは上がっていない。

「ミーナ、大丈夫か？」

計六枚のカードを拾いながら尋ねた。

狼肉が三枚と毛皮一枚、二五〇ドルグ一枚、そしてワンウルフのカードが一枚だ。おそらく、フワットラビットのカードと同じように、具現化したらワンウルフが出てくるのだろう。高く売れそうだ。

ただ、売る時期を考えないと、カード買取所の人に怪しまれるな。

「ミーナ？　もしかしてどこか怪我した？」

返事のないミーナに俺は尋ねた。

「え、あ、はい。大丈夫です。すみません、びっくりして。ワンウルフを見たの、はじめてだったんで。スメラギさん、魔法を使えたんですね。驚きました」

「魔法は今朝覚えたばかりなんだ。うまくいってよかったよ」

「今朝覚えた？」

ミーナが怪訝《けげん》な顔をしてこちらを見てくる。

やばい、変なこと言ったか。でも、ここまできたら正直に言うしかない。

「武器屋のおばちゃんから炎の魔法書を買ってさ、覚えてなかったから」

「そうなんですか……もしかして、他にも魔法が使えるんですか？」

「あぁ、回復の魔法とかね」

「すごいです。普通、魔法って使える人でもひとつの属性しか使えない人がほとんどなんですよ」

「そうなの？」

「そうですよ。火炎と治癒の二種類も使えるなんて、スメラギさんすごいです！」

そのあたりはおばちゃんから教えてもらってなかった。おばちゃんもまさか俺が自分で使うとは思っていなかったのだろう。

このあたりは、魔法属性全取得可能ボーナスが関係しているのだろう。

「でも、二種類魔法を使ったら、スキルスロットがほとんど使えませんよね。魔法技能に魔法(治癒)に魔法(火炎)に、短剣で全部埋まっちゃってるんですか?」

え? 今大切なことを聞いた気がする。

「すみません、スキルを訊くのは失礼でしたね」

「そうじゃなくて、スキルって四つしかつけられないの?」

「はい。ユニークスキルか才能スキルがあったら別ですが……スメラギさんは違うんですか?」

「い、いや、俺もそうだよ。うん、だから火炎の魔法は封じようかなとか思ってるんだ」

「そうなんですか? でも私の町にはスキルを変更してくれる神官はいませんから、当分変更はできませんね」

またまた大切なことを聞いた。

つまり、普通の人はスキルを四つしか装備できず、スキルを変更するにもスキル変更技能を持った人に頼まないとしてもらえないということか。

チートコードを入力してよかったと心から思う。スキルを所定の場所でしか変えることができないなんて不便すぎる。

さらに森の中を進むと、道が左右に分かれていた。左にはログハウスが見える。お世話になったおっちゃんの家だ。

「そこのログハウスに住んでる人、知ってる?」

「いえ、空き家だと思いますが、たまに出入りしている人もいるみたいですね。休憩所代わりに使われているようです」

「そっか。あと右側の道ってどこに通じてるの？」

「向こうは王都があります。町からなら馬車で六時間くらいですね。毎朝八時に出ていますよ」

王都か。ていうことは大きな都市なのだろうな。

「ミルの町はもともと王都に向かう旅人が森に入る前に休憩する宿場として発展してきたんですよ」

「そうか、じゃあ宿屋は安泰だな」

俺がそう言うと、ミーナは笑顔で頷《うなず》いた。

やっぱりかわいいや。

その笑顔が失われたのは、森を抜けたときだった。

町から煙が上がっていた。

「町が燃えてる！」

彼女は拾った貝を落とし、駆け出そうとした。

「待て、ミーナ！」

俺はミーナの手を摑《つか》んだ。

「離してください、お姉ちゃんと店が！」

「わかってる、町で一番安全な場所は？」

「……教会です！　あそこは避難所になっていますから」

「よし、わかった」

そして、俺は魔法を唱えた。

「瞬間移動！」

目の前の世界が変わった。

そこは武器屋として使われている応接間で、幸い武器屋のおばちゃんしかいなかったようだ。

突如俺たちが出現したことによって、おばちゃんは目を白黒させている。ミーナも同様のようで、きょろきょろとあたりを見回している。

「おばちゃん、それにミーナも言いたいことはわかるが、話はあと！　何が起こったんだ？」

「あ、あぁ、大変だよ、ミーナちゃん、宿屋とカード買取所が盗賊に襲われて――」

おばちゃんが言い終わるのを聞かず、ミーナは部屋を飛びだした。

教会の中には多くの人が避難している。

「ミーナ、待て、盗賊がいるのなら外は危険だ」

制止をかけるが、彼女は止まらない。

応接間を出ると、多くの人が一心不乱に祈りを捧《ささ》げていた。ミーナを見て何かを言おうとしたが、それよりも先にミーナが教会の外へと出ていく。俺も彼女を追いかける。

そして、教会から出た俺たちが見たものは――燃えて、崩れ落ちた宿だった。

まだ一部火が燻《くすぶ》っていて煙が上がっている。

壁面も一部残っているが、木造である宿だ。

この様子を見ると、俺が瞬間移動で海にいった直後に盗賊が襲ってきたのだろう。

「…………」

なんて声をかけていいのかわからなかった。

「すまない、僕たちがついていながら」

そう声をかけたのはウサギ狩りの帰りに見た門番の男だ。

「盗賊は？」

俺が尋ねると、

「七人全員出ていったよ。それと――」

男は言いにくそうに口を噤《つぐ》んだあと、

「サーシャちゃんがさらわれた」

「お姉ちゃんがっ⁉」

ミーナが悲鳴のような声を上げる。

「サーシャさんが？　なんで？」

男が首を横に振った。わからないらしい。

ミーナが何も告げずに、走りだそうとしたのを、俺は再び止める。

「待て、どこにいくんだ！」

「お姉ちゃんを助けないと！」

「助けるって、場所もわからないだろ⁉」

「盗賊は、西にある今は使われていない坑道にいることがわかっています。先月から王都に騎士隊の出動要請を何度かしていたのに」

場所はわかっているのか。

「でも、ミーナひとりで助けられるわけないだろ」

俺は彼女の理性に働きかける。

ミーナもわかっているはずだ。盗賊は七人いると言った。ミーナひとりでそんな多くの盗賊がいるアジトに潜入してサーシャを助けだせるわけがない。サーシャと一緒に捕らえられてしまうのが目に見えている。

俺の言ってることを理解したミーナは、その場に泣き崩れてしまった。

両親の残してくれた宿。そして、彼女を支えてくれたサーシャ。

彼女にとって最も大切にしていたふたつのものが同時に失われてしまったのだ。

このままでは彼女が壊れてしまう。

俺は直感的にそう思った。

「俺もいく、ミーナ、案内してくれ」

「でも、会ったばかりのスメラギさんにそんなことを――」

「いざとなったら逃げる魔法が使えるってことはミーナも見ただろ」

さっきの瞬間移動のことだ。

「じゃ、いくぞ」

「おい、ふたりでいくのか?」

「盗賊を倒すってわけじゃない。隙を見てサーシャを助け出す」

そう言って、俺はミーナを見つめ、

「……それと、悪いが全てにおいてミーナの安全を優先する。ミーナに何かあったらサーシャさんに殺されそうだ。それでもいいな」

何か言おうとしたミーナだが、口を閉じて頷いた。

「わかった、馬を用意する。サーシャちゃんを頼む」

「いや、馬はいらない」

俺は馬を用意してくれようとした門番の男に首を振って、そう言った。

そして、俺とミーナは西の門に向かって走りだした。

東の門から町に入っており、西側の門を利用するのははじめてだが、門番の姿は見えなかった。と思ったら、壁に血の痕が残っている。まだ新しい血だ。

「くっ、ミーナ、飛ぶぞ」

俺は西の草原の一点を見つめ、その周りの空間をイメージした。

「瞬間移動！」

そう叫ぶと、世界が変わり、平原の真ん中にいた。東のほうに町が見える。ＭＰはそれほど消費していないらしく、疲れはない。

やはり、一度行った場所に飛べるんじゃなくて、知ってる場所に飛べるんだ。つまり、視界の範囲内なら飛べることになる。

「ミーナ、坑道はどっちだ？」

「あっちです。あっちの赤色の山です」

北西の方向を指さす。小さな森があり、その先には確かに赤土色の山があった。

距離にして五キロメートルはありそうだが、

「瞬間移動！」

一瞬にして、山のふもとにたどり着く。

「すごい……」

ミーナが呟く。

「坑道はこの山の中腹にあるそうです。以前、旅の方から買い取った地図に書いてありました」

「そうか。今のところ敵のいる気配はないが、気をつけていくぞ」

俺の経験からしたら、きっと索敵スキルとは対になる隠形《おんぎょう》スキルというものもあるはずだ。それを使われていたら、俺の索敵スキルが通用しない場合がある。

むしろ、盗賊なら持っていて当然のスキルだ。そもそも、索敵スキルが人間に対して有効かどうかも検証できていない。

俺の心配が杞憂《きゆう》だったことにはすぐに気づいた。

もうすぐ坑道というところで、人のいる気配を感じたからだ。

「盗賊がいるな……」

「わかるんですか？」

岩を曲がったところから何かを感じる。

確認のために岩陰から顔を覗《のぞ》かせると、確かに盗賊がいた。しかもふたりだ。

バンダナに毛皮の服を着た、濃い髭面の男と、片方は髭のない若い男。

「よし、こいつを使うか」

俺は一枚のカードを取り出し、「具現化」と唱える。

すると、カードが狼――ワンウルフに変わった。さっき森で拾ったワンウルフのカードだ。

【魔物使いスキルを覚えた】

【魔物使いスキル：使い魔が魔物を倒すとレベルが上がる。レベルが上がると使い魔の強さが上がる】

またもやスキルを覚えた。

スキル枠に予備を作るためにメニューを開き、今は使わないだろうスキルを外しておく。

「よし、まずは盗賊に噛《か》みつけ、倒せそうにないならこっちにおびきよせるんだ。いいな」

俺はそう言うと、ワンウルフは「がう」と頷いて、盗賊めがけて走りだした。

「すごい、魔物使いのスキルも持ってるんですか？」

「あ……うん、まぁ」

今取得しました、とは言わないほうがいいのだろうか。

「あれ？　でも魔法スキル三つと短剣スキルで、スキルスロットは……」

「ミーナ、話はあとだ」

そうこうしているうちに、盗賊のひとりがワンウルフに気づいたらしく、短剣をかまえる。

ワンウルフは盗賊のナイフをかわし、ひとりの盗賊の首元に噛みついた。

「げっ」

思わずうめき声を上げる。あれ、即死じゃないか。

【魔物使いレベルが上がった。魔物使いレベルが上がった。対人戦闘スキルを覚えた】

【対人戦闘スキル：人を倒すとレベルが上がる。レベルが上がると物理攻撃力が少し、人への攻撃力が大きく上がる】

対人スキルとやらを覚えた。物騒なスキルだ。

もうひとりの盗賊が、

「狼が出た！　ダイズがやられた！」

と叫ぶと同時に、ナイフをワンウルフに対して振り下ろそうとするが、ワンウルフはそれを楽々とかわし、再び首元に噛みつく。

【魔物使いレベルが上がった。対人戦闘レベルが上がった。対人戦闘レベルが上がった】

一撃だった。なんだ、俺と戦ったときのワンウルフの動きじゃない。

そうか、そういえばあった。ボーナス項目のひとつに、ペット強化というものがある。あれの効果だろう。それと、魔物使いスキルの効果もあるのかもしれない。

驚いているミーナの横で、俺は冷静を装っていた。

戻ってきたワンウルフの頭を撫《な》でてやる。牙から血がしたたり落ちてますよ。殺したの、魔物じゃないので血が消えていませんよ。

殺した……そうか、俺が殺したんだ。

たとえ、実際に噛み殺したのはワンウルフでも、命じたのは俺なんだ。

これが——異世界なんだ。

しばらく待ってみたが、坑道から誰か出てくる様子がない。

中には男たちの悲鳴が通じなかったのだろう。

「いくか」

俺はワンウルフにあとからついてくるように命令すると、

「え？　狼さんに中にいってもらったら」

「間違えてサーシャを襲ったら目も当てられないだろ」

俺が言うと、その光景を想像したのか、ミーナは顔を青ざめさせて頷いた。

狼に、女性は襲うなと命じても、ワンウルフに人間の男女の区別がつくかはわからないし、女盗賊とかがいたらみすみすワンウルフを見殺しにしてしまいかねない。

坑道に入る前に、倒れた盗賊たちを見る。息をしていない。絶命しているとみて間違いないだろう。

「いこう、サーシャを救いたい」

たとえこの行いが間違っていたとしても、たとえ神にさばかれようとも、俺は前に進みたい。

坑道の中はところどころランタンで灯りがともっているが、薄暗く、すぐに躓《つまず》きそうになる。

さっき、殺された盗賊は中に向かって叫んでいた。誰かいるのは確かだ。

気配がするが、殺気などは感じられない。

まっすぐ進める道だが、左に枝分かれしており、その左の方向から気配がした。

慎重に覗くと、ベッドが三つくらい置いてあって、ひとりの盗賊が寝ていた。

どうやら、鉱山として使われていたときの鉱夫の休憩所として使われていた場所だろう。

ベッドの脇には剣とバンダナが置かれているから、捕まった人とかではないだろう。

（いけっ、殺せ）

俺はワンウルフに寝ている盗賊を殺すように命じた。

狼は静かに駆けていき、盗賊の首に噛みついた。

本当に、断末魔の悲鳴にしては本当に小さなうめき声が聞こえ、ミーナが手で顔を覆う。

【対人戦闘レベルが上がった】

それは、おそらく盗賊の死を知らせるアナウンスだ。

ワンウルフが戻ってきたので、俺たちはベッドのほうにいく。

ほかに盗賊はいない。

村を襲った盗賊は七人ということらしいので、少なくともあと四人はいるらしいが、おかしい。

坑道の奥から人の気配がしない。

「……とりあえず、これをもらっておくか」

盗賊のベッドの横に置いてあった剣を取る。短剣よりはリーチが長いし、俺でも扱えそうだ。

【盗賊スキルを覚えた。盗賊レベルが上がった】

【盗賊スキル：物を盗むとレベルが上がる。レベルが上がると速度、器用さが上がる】

まさかの俺が盗賊になってしまった。殺して奪い取ったという判定だったのだろう。

剣を鞘から抜くと、曲がった刀身が姿を現す。シミターとかいう武器だ。

とりあえず、剣を持って、置いてあった棚に切りつける。

【片手剣スキルを覚えた】

【片手剣スキル：片手剣で攻撃をするとレベルが上がる。レベルが上がると物理攻撃力が少し、片手剣での攻撃力が大きく上がる】

あれ？　木を切ったときはレベルがすぐ上がったのに、今回はレベル１のまま上がらない。

どうしてか？　と思ったが、すぐに理由がわかった。

スキルスロットがいっぱいになっていた。

盗賊スキルを外し、片手剣スキルを装着し、もう一度棚に振るう。

【片手剣レベルが上がった】

やはり、スキルは装着していないとレベルが上がらない仕組みらしい。

「あの、スメラギさん、何をしてるんですか？」

「あぁ、便利そうだから使えるかなって思って」

「でも、スメラギさんは短剣使いじゃ……」

「そうなんだけどね」

なんて言い訳をしようか、と思ったそのときだった。

『うわ！　どうした！』

声が入口から聞こえてきた。

しかも、声はひとりではない。ふたり、三人、それ以上の声がする。

(しまった、追い抜いていたのか)

山の手前に森があったのを思い出す。

そこに盗賊たちがいたときに、瞬間移動で追い抜いたらしい。

その可能性を全く考えていなかったのは明らかな俺の失態だ。

（ミーナ、ここはすぐに見つかる。奥にいくぞ）

（はい）

まだ盗賊の視界に入っていないことを意識し、坑道の奥にいった。

幸い、狼がやったと思ってくれるはずだ。

坑道の奥は枝分かれしているが、枝分かれの先は全て短く、隠れるのにも適さない。

一番奥を右に曲がると、そこは広い部屋になっていた。

銀貨や銅貨、カードや食料に水や酒の入った樽《たる》などが置かれている。

（しまった、ここは宝物庫か……）

となれば、真っ先に盗賊がやってくる場所だ。狼に殺されただけと思っていればいいが、剣で棚を壊してしまっている。

侵入者がいることに気づけば、まっ先に宝物庫の確認に来るはずだ。

『くそっ、誰だ、俺らの兄弟を殺しやがったのは！』

盗賊の怒りの叫び声がここまで聞こえてきた。

『お前はここで寝てろっ！　おい、奥にいくぞ！』

まずい、このままじゃ鉢合わせだ。

足音もすぐそこまで迫っている。

「ミーナ、飛ぶぞ！」

俺はミーナの手を握って、呪文を唱えた。

「瞬間移動！」

瞬時に世界が変わ……らなかった。

「な、なんで使えないんだ？　瞬間移動！　瞬間移動！」

しかし、世界が変わることはない。

「どうしたんですか⁉　スメラギさん！」

「わからないが瞬間移動が使えない」

使用回数に制限があるのか、それともここは魔法が使えない場所なのか。

「くそっ、いけ、ワンウルフ！　近づいてくる奴らを倒して戻ってこい。ミーナはそこの樽の後ろに隠れていろ」

おそらく、『お前はここで寝てろ』の声はサーシャに向けられたものだ。

ならば、来るのは盗賊だけだ。

ワンウルフが部屋の入口のほうに向かって走っていく。

「うわ、狼だ！」

声は思いのほか近くから聞こえた。

「ただの狼じゃない、キングウルフかっ！」

戦いの音がしっかりと聞こえる。

男の悲鳴が三回聞こえた。魔物使いレベルと対人戦闘レベルが上がる。

「どけっ、俺がやる！」

一番野太い声がしたあと、聞こえたのは、

「きゃんっ」

それは、ワンウルフの悲鳴だった。血飛沫が曲がり角まで飛んできた。

くそっ、くそっ、くそっ、油断した。

瞬間移動が使えないなんて。

通路から影が伸びてくる。

使えるかどうかわからないが使ってみる。

「ファイヤーボール！」

すると、火炎球が生み出され、出てきたばかりの若い盗賊に命中した。

使えた、魔法が封印されたわけじゃないのか。

【魔法（火炎）レベルが上がった】

メッセージが頭によぎる。鬱陶しい。

「誰だっ！」

盗賊が三人。中でも斧《おの》を持った大男――二メートルはあろうかという巨漢だ――がこちらを睨みつけてくる。

「名乗る名なんてない、ファイヤーウォール！」

はじめて唱えた魔法だったが、すごい精神疲労感とともにそれは成功した。

炎が壁となって現れ、盗賊たちを飲み込もうかと迫っていった。

これで倒せる！

「ふんっ！」

俺の思いは巨漢の一振りで打ち砕かれた。

斧を一振りしただけで炎の壁は霧散してしまったのだ。

俺はカードを一枚、腹に忍ばせる。

「ふん、そんな魔法、俺に効くわけないだろ。俺の斧レベルは三〇を超してるんだぞ」

「くそっ、そんなもんやってみなくちゃわからないだろ」

俺はシミターで切りかかった。斧は威力はすごいが、素早さならこっちが上だ。

そう思ったのだが、

「無駄だと言っただろう！」

「具現化」

斧が俺の腹を打ち抜いた。

「ぐわっ」

【身体防御レベルが上がった。身体防御レベルが上がった。盾スキルを覚えた】

俺の体が飛び、水の入った樽にぶつかる。

「ん？　変な感触がしたな、お前、いつの間に」

「身体に盾のカードを忍ばせて具現化しただけだよ。ついでにこれでもくらいやがれ」

俺はカードを一枚、盗賊に向かって投げる。

「具現化！」

カードが百獣の牙に変わった。

「くだらん」

巨漢の男は斧を一振りし、ナイフをはじいた。

「ぐわっ」

その弾かれたナイフは別の盗賊の眉間に突き刺さり、その場に倒れた。

【投擲レベルが上がった】

倒れた仲間を見て、巨漢の男は顔を真っ赤にさせた。

「くそっ、よくも俺の仲間を」

怒り狂う盗賊。

最後だ。

ファイヤーウォールの精神疲労は半端なかったが、使うしかない。

炎の上級魔法。

「ファイヤーフィールド！」

俺は呪文を唱えた。

だが、何も起こらなかった。

――ＭＰが足りない？　それとも魔法レベルが？

「ふん、つまらん、そのはったりが最後か」

駄目だ、やっぱり使えない。

せめて、ミーナだけでも隙をみて逃げてくれ。

そう願ったときだった。

「待ってください！」

俺にとっての最悪が起きた。

ミーナが俺の前に立ちはだかったのだ。

恐怖のために身体を小さく震わせながら、涙を流して声を上げる。

「スメラギさんのことだけは助けてください！　私はなんでもしますから！」

「ミーナ、なんで」

「スメラギさんを見捨てて隠れてるなんてできません」

無駄だ、この男が見逃すわけがない。

「あんたは、宿屋の娘のミーナか。そうか、姉を助けに来たのか」

巨漢の男の横にいた若い盗賊がミーナを見てそう言う。

「姉妹仲良くかわいがってから、ふたりで一緒に殺してやるよ」

親分のような男がそう言って、前に出たミーナを払いのける。

ミーナは横に飛んでいき、壁にぶつかった。

守らないと、ミーナを守らないと。

頼む、俺にはチートがある。どんなチートでもいい、俺に力を貸してくれ。

「ファイヤーフィールド！」

俺がそう叫んだ。だが、何も起こらない。

ダメ……なのか。

俺が諦めかけたそのときだった。

『諦めるなっ！』

その声が聞こえた……気がした。

と同時に、俺は最後の気力を振りしぼって決死の一撃を投げつける！


【決死の一撃スキル本日使用回数残り０回】


直後、俺の目の前の炎の空間が、炎に包まれて爆《は》ぜた。

そのまま精神的疲労と爆風で仰向けに倒れてしまう。

またこの展開か……決死の一撃って、俺を気絶させてばかりだな。

苦笑しながら、でもこのボーナスと……あの言葉のおかげで助かった。感謝をして意識を手放した。

第三話　ミーナとサーシャ

ANOTHER KEY

▸▸▸ Game Start
Continue
Game Setting
END

『ラジオ体操だいいちぃぃぃ』

ラジオの音に体が条件的に反射してしまう。

「タクト、卑怯《ひきょう》はいけないことだと思うか?」

兄貴が俺に尋ねた。

思いだした、ラジオ体操をしていたんだ。

まだ小学三年生の俺に、高校生の兄貴が偉そうに語ってきたんだ。

普段からパソコンに向かってばかりの兄貴だが、最低限の運動としてとりいれたのがこの朝のラジオ体操で、俺も強制的に付き合わされていた。

「そりゃ、卑怯はいけないことだよ。ズルだもん」

「そうか? じゃあ、お前はものすごい強い男に大好きな女の子が襲われても黙って見ているしかないな」

「どうしてそうなるんだよ。戦えばいいじゃん」

「戦って勝てないっていう前提条件があるんだよ」

「バカだな」と兄貴が付け加える。

「まともに戦って勝てないならお前はどうする?」

「………それがズルなの?」

つまりズルをしてでも勝たないといけない、兄貴がそう言いたいのかと尋ねた。

「そうさ、お前が勝てないなら大人を呼ぶのもいいし、武器を用意してもいい、なんなら相手の弱みを見つけて脅迫してもいい」

　むちゃくちゃな兄貴だと思う。

「いいか？　手段がどうであれ、結果は大切だ。手段をいくら美化したところで結果がともなわなければ、それは意味のないことだ」

「それ、受験に失敗したときに自分に言えるの？」

「バカだな、俺は大学になんていかずに就職するさ」

「だからな」と兄貴は続けて俺に言った。

「最強のズルっていうのを教えてやる、最強のズルっていうのはな――」

　兄貴は俺の両肩に手を置き、優しい笑顔で言った。

「諦めないことだ」

「諦めない？」

「そうさ、いいか？　諦めるっていうのは結果を放棄するってことだ。だから諦めるな。もしもお前がどうしても諦めないといけないようなことがあったら、俺は絶対にこう言ってやる。諦めるな！　ってな」

「諦めない」

「ま、そう願えばどんなズルい方法でも思いつくさ。いいか？　諦めたらそこで試合は終了ですよ」

「それ、バスケの話じゃん」

　俺はため息をついて笑ってあげた。

「できないって言われたことをやってみせるのがチートってものなのさ。だから、起きてください」

あれ？　兄貴、なんか声がとてもかわいらしく……あれ？　兄貴？

気がついたら兄貴がいなくなっていて、代わりに、あれ？

「起きてください！　スメラギさん！　起きてください！」


❦・❦・❦・❦・❦・❦・❦・❦・❦・❦・❦・❦・❦・❦・❦・❦

「起きてください、スメラギさん」

「ん……ミー……ナ」

目が覚めると、薄暗い部屋でミーナが俺の身体をゆすっていた。

「痛いよ、ミーナ」

木の盾で守ったとはいえ、斧の衝撃をまともに受けたんだ。あばら骨の何本か折れたかもしれない。

上体をおさえながら起こすと、そこには消し炭が三つ、そして焦げた壁があった。

「これ、俺がやったのか？」

「わかりません、気づけばこうなってました」

「……リカバリー」

俺は自分の胸に回復魔法を使おうとする。

だが、魔法は発動しない。

ＭＰが足りないのだ。

「ミーナ、悪い、立たせてくれ。あと、少し部屋の中を歩かしてくれ」

俺はミーナの肩をかりて立ち上がる。

「俺は歩けば精神力が回復する技能を持っているんだ」

隠さずに説明した。

ミーナは何も言わずに頷いて、部屋の中を歩く。

三〇歩くらい歩いたところで、

「リカバリー」

そう唱えると、胸の痛みがうそのようになくなった。

【魔法（治癒）レベルが上がった】

魔法レベルが上がった。

「ミーナ、悪いがここで待っていてくれ、サーシャを捜さないと」

「私もいきます」

「頼む、ここにいてくれ。盗賊はもういないとは思うが、万が一のことも考えられる」

「足手まとい……ですか？」

俺は黙って頷いた。今の俺に彼女を守ってやれる力は戻っていないと思った。

「じゃあ、お願いします」

「他に盗賊がいないのを確認したらすぐに戻るよ」

そう言い、俺は通路を戻っていく。途中、燃えずに残っていた百獣の牙を拾った。その後、すぐに見つけたのは三つの遺体だ。ワンウルフがやったものだろう。ワンウルフの姿はどこにも見えない。

虚空へと消えたのだろう。

通路を戻っていっても盗賊の気配はない。隠れているのかもしれないが、やはりあれで全員だったと信じたい。

休憩所まで戻ったところで、盗賊の遺体とは別に、俺は動くものを見つけた。褐色の肌の長い髪の女の子だ。

「サーシャ！」

猿ぐつわを嚙ませられ、縄で縛られてベッドの上で悶《もだ》えているサーシャを見つけ、俺はすぐに彼女に駆け寄る。

「待ってろ、今助ける」

百獣の牙で縄を切り、猿ぐつわをほどく。

「もう大丈夫だ、サー……」

名前を呼ぼうとしたとき、俺は口をふさがれた。

彼女の唇で。

やわらかい。昨日は全く気づかなかったが、女の子の唇ってこんなにやわらかいんだ。それに、胸が押し当てられて、彼女のふくよかなふくらみが俺の胸板に当たってきた。やわらかい、気持ちいい。

キスも昨日してもらったそれとは違う、濃厚なものだ。彼女の舌が口の中に入ってきて、俺の舌にからみついてくる。

(なんだ、これ、助けてもらったお礼……なわけないよな)

正面を見ると、彼女の目が正面にあり、焦点が全く定まっていない。

俺はサーシャを突き飛ばした。

「きゃっ」

ベッドに倒れ込む。

「サーシャ、どうしたんだ、いったい」

そう言ったとき、気づいた。サーシャの目が普通じゃない。

「お願い……抱いて……そうじゃないと壊れちゃう」

よだれを垂らして懇願してくる。

巨漢の男はあとでミーナとサーシャをかわいがるとか言ってたが、もしかして、媚薬《びやく》を使われたのか。

俺はサーシャに憐《あわれ》みの目を向けた。

「あぁ、抱きたいよ。でもな、俺が好きなのは元気なお姉さんのサーシャだからさ、とりあえず家に帰ろう、な?」

俺はそう言って、サーシャに近づいていき、

「アンチポイズン」

魔法を唱えた。

媚薬も精神をおかしくするという意味ではおそらくは毒薬の一種だろう。

その証拠に、魔法を唱えると、サーシャの目が徐々にはっきりしていき、顔を赤らめて、布団を頭からかぶった。

「あ…………あああ、ええと、あ、ありがとう」

記憶はしっかりと残っているのだろう。俺の顔をまともに見ることができないまま、サーシャは尋ねた。

「えっと、名前なんだっけ？」

「ス、スメラギ・タクトだ。だ、大丈夫か？」

「うん……大丈夫……ごめん、本当にごめん、全部変な薬のせいで、あんなの私じゃないの。ていうか、抱きたいって何よ、抱きたいって、うら若き乙女に言うセリフ？　信じられないわよ」

「ごめん、あれは勢いというか、励ましというか」

「うん、わかってる。ありがとう、助けてくれて。あの、それと、忘れてほしい……お願い」

サーシャはゆっくりと立ち上がる。

その横に荷物があるのを確認した。さっき来たときはなかった。

「それは？」

「たぶん、カード買取所で盗まれたものだと思う」

サーシャはそう言って袋を開けた。そこには貨幣とカードが大量に入っていた。

持って帰らないといけない。荷物を抱え、

「じゃあ、帰ろうか……えっと、馬で来たの？」

「ううん、馬じゃなくて……あ、そうだ、ミーナ……」

「ミーナ？　ミーナがどうしたの？」

「いや、一緒に来てるんだ。放っておいたらひとりで来そうだし、案内も必要だったから」

「………そう……無事ならよかったわ」

サーシャは一瞬何かを言いかけたが、それをやめて安堵の言葉をもらす。

俺がミーナを連れてきたことに文句を言いたかったのかもしれないが、助けてもらった手前言えなかったのだろう。

「ついでに盗賊の宝も持って帰ろう。宿屋の再建費の足しになるだろうしな」

また奥へと進む。

盗賊の遺体が並んでいるのを見て、サーシャは目を細めた。

俺は盗賊の持っている剣と短刀を抜き取り、

「カード化」

と唱える。シミターのカードと、疾風のダガーのカードが二枚手に入った。それにはサーシャも目を丸くしたが、何も言ってこない。

そして、その視線は今度は消し炭となった男の遺体へと移ったらしく、視線を横にずらす。

「ミーナ、大丈夫だ！　サーシャは無事だ」

そう言ってから角を曲がると同時に、ミーナとすれ違った。

ミーナは俺の後ろにいたサーシャに駆け寄り、

「お姉ちゃん、よかった、お姉ちゃん」

抱きついて涙を流した。両親が盗賊に襲われて死んだという過去もあり、彼女の胸の内は肉親を失う恐怖でいっぱいだったのだろう。

「ミーナ……」

妹の頭を優しく撫でるサーシャを横目に、俺は部屋の奥にいき、カードの入った袋から全てのカードを取り出し、

「カード収納」

と叫ぶ。MPは歩いているうちにほぼ回復しているようで、この程度は全く問題ない。

他にも、宝石類や貨幣もあったが、全てカード化して、「カード収納」した。一連の行動で、魔法（特殊）レベルが上がった。

「あらかためぼしいものは持ったし、帰るか」

ふと、足元に転がっていた斧を持ち上げる。もう三人の盗賊の武器は見当たらなかった。ファイヤーフィールドによって燃え尽きたのかもしれない。

獅子《しし》の紋章の入った斧だ。ずしりとした重さが手に伝わる。巨漢の男、盗賊のボスが使っていた斧だ。

「カード化」

斧は一枚のカードに変わる。『破邪の斧』。

邪を破る斧を盗賊が使うなよ、とか思うが、使えそうな武器なので持っていても損はないだろう。

通路を戻ると、まだ抱き合っている姉妹がいた。

「ミーナ、サーシャ、町に帰ろう。みんな心配してる」

「はい」「ああ」

ふたりは頷いた。俺は彼女たちの手を握り、

「瞬間移動は坑道の中じゃ無理なのかなぁ。部屋の中なら使えたんだが」

「なんの話だ？」

訝し気な目で見てくるサーシャに、ミーナが説明をした。

瞬間移動という魔法で、町から山のふもとまで一瞬で来られたこと。だから、サーシャや盗賊たちよりも先にここまで来られたことを。

「タクトは……すごい魔法を使うんだな。確か、流浪の民の扱う魔法にそういうものがあったと聞いたことがあるが」

「そうなのか？」

「ああ、神父様から聞いた話だが、眉唾ものだと思っていたが、ミーナが言うなら本当なのだろう」

神父様の言葉も信じてあげろよ。

といっても、神父様も直接見たわけではなく伝聞という形でサーシャに伝えたのだろうから、信じられないのも無理はない。

怪談話で、「俺の友達が聞いた話なんだけど」と言い始めるのと「俺が経験した話なんだけど」と言い始めるのでは信憑性《しんぴょうせい》が全く異なるのと同じだ。

「外に出よう」

カードと貨幣の入った袋を持って、俺はふたりにそう持ちかけた。

盗賊は全て倒した。まるでお姫様を助け出した王子様の気分だ。

坑道から出ると、すでに日は大きく傾いていた。

夕日がまぶしい。

倒れた盗賊から、ナイフを二本抜き取り、カード化の魔法を使う。

ダガーと疾風のダガーの二枚になった。

「それも魔法なのか？　魔物が落とすものがカードだと思ったのだが」

サーシャが不思議なものを見る目でこちらを見てきた。

「ん？　あぁ、こうすると持ち運びに便利だからな」

俺は「当然」と平静を装い答える。

内心では「やっぱり人前で使ったら目立つんだな」と反省していた。

それなら、瞬間移動も人前に出るより、目立たないところにいったほうがいいだろう。

「瞬間移動」

そう唱えると、今度は成功した。

一瞬のうちに景色が変わり、俺たちはカード買取所の裏路地にいた。

成功したようだ。

ド○ゴンク○ストでルーラの魔法は洞窟の中で使えないのと同じ原理だろうか？

もしかしたら他にも条件があるのかもしれない。

今度から、危ない場所にいくときは前もって瞬間移動の有用性を実験しないといけないようだ。

「すごい……本当に町の中だ」

サーシャが呟く。

やはり百聞は一見に如《し》かずといったところか。

「じゃあ、俺はカード買取窓口の兄ちゃんに返してくるから、ふたりは教会にいってくれ」

そう言って、荷物を持ち上げる。俺の提案にふたりは揃って了承し、

「スメラギさん、本当にありがとうございました」

「ありがとうね、このお礼は改めてするよ」

ミーナが深々と頭を下げて、サーシャは笑顔で言ってくれた。

お礼は十分もらったんだけどな……。

サーシャの絡まってきた舌の感触は今でもはっきりと覚えている。でも、あれはサーシャにとって忘れたい記憶だろうから、俺も忘れることにした。

カード買取所の中は以前と変わりのない様子だったが、窓口の兄ちゃんだけがため息まじりでとても辛そうな表情だ。

「こんばんは」

「あ、お客さん、すみません、しばらく商売が――」

「これ、盗賊から取り返してきましたよ」

俺がカードと貨幣の入った袋を持ち上げる。

「え？」

「サーシャを助けたついでにね、ここのですよね」

俺が袋を渡すと、兄ちゃんは袋の紐《ひも》をほどいて中を確認し、

「そうです！　うちの商品と売上です。なんとお礼を申したらいいか」

「いえ、礼はいいので、それで買い取りをお願いしたいんですが、いけますか？」

「もちろんです！」

そう言ってくれたので、俺は盗賊から奪ったカードや、カード化して持ってきた物を取り出して兄ちゃんに渡した。破邪の斧とシミター一本、狼の肉だけは売らなかった。

あわせて二〇万ドルグで買い取ってくれた。商売スキルが3も上がった。

だいぶ上乗せしてくれたのだろう。

いいんですか？　と尋ねたら、俺が取り戻した金の総額だけでもその三〇倍はあると言ったので、それならばと快く受け取った。

「じゃあ、サーシャに渡して宿屋の再建費用にしてもらうかな」

そう呟くと、満面の笑顔だった兄ちゃんの顔が、暗くなる。

「はい、そうしていただけると助かります。と言いたいのですが、先に彼女たちの賠償金の返済をしないといけませんね」

「賠償金？」

「はい、今回の騒動で、いろいろと燃えてしまいましたので」

兄ちゃんは辛そうな顔をして続ける。

「昼の火事で、宿屋に泊まってた冒険者がふたり亡くなりました。その補償金はたぶん五〇〇万ドルグにはなります。宿には宿泊客の安全を保障する義務がありますから」

他にも先払いしていた部屋代金の返金、預かっていた荷物の弁償代などを含めたら、さらに一〇〇万ドルグは必要だという。

「とても借金してもまかなえる金額ではない」

「じゃあ、どうなるんだ？」

「賠償金を払えないと判断された場合は奴隷に身を落とすことになります」

「……奴隷って、そんな……」

「……僕もなんとかしてあげたいのですが、このお金もカード買取ギルドからの委託金で。これがなかったら僕も彼女たちと同じで奴隷になっていました。いや、僕だけでない、下手したら王都の両親のところにまで負債がいくところでした。だからあなたには感謝しています」

彼が言いたいことは俺への礼じゃない。

つまりは自分の金で彼女たちを助けてあげることができないという謝罪の言葉だ。それは決して冷たい言葉じゃない。仕方のないことだとわかる。

誰かに頼るのはダメだとわかる。

なら、俺が頑張るしかない。

諦めるのはダメだから。

「賠償金はいつまでに返せばいいんだ？」

「今週以内……と言いたいのですが、あの姉妹は賢いから、自分たちで賠償金を返せないと判断すれば、下手したら明日の朝にでも奴隷落ちするように神父さんに掛け合う可能性が……」

なんでそんなに時間がないんだ。

「くそっ、このあたりで魔物が出る場所は？　特に弱いのに極稀《ごくまれ》にレアアイテムを落とすモンスターがいる場所はどこですか？」

「それなら、盗賊の住んでいた山の手前にある森です、あそこにいる一角ネズミは伝説ではユニコーンの角を落とすといわれています。一本一〇〇万ドルグで買い取りできる。……でも、数十年見た人はいません。宝くじにでも当たるような確率でしか手に入らない、本当に珍しいアイテムです。とれるわけがありません」

「わかりました、あの森だな。大丈夫、とってみせます」

俺は森の光景を思い出しながら言った。

「できないって言われたことをやってみせるのがチートってもんだろ？」

あのとき盗賊がいたであろう森だ。

つまり、ユニコーンの角を六本手に入れたらふたりは救えるってことだ。

「瞬間移動！」

俺はなりふりかまわず呪文を唱え、森へと飛んだ。

真の勇気とか、そんなのは関係ない。

一晩寝なくても問題ないし、確率が低かろうが問題ない。

✾・✾・✾・✾・✾・✾・✾・✾・✾・✾・✾・✾・✾・✾・✾・✾・✾・✾・✾

大丈夫、俺にはチートがついている。

ネズミの落とした「ネズミ肉」カードを収納しながら、俺は討伐を続けた。

日もすっかり落ちたが、おかげで【暗視】スキルを手に入れたし、【索敵】レベルも上昇を続けている。

倒したネズミが一〇匹を過ぎたころには【短剣】レベルと【獣戦闘】レベルも上がった。

だが、ユニコーンの角はまだ手に入らない。

「一週間徹夜したゲーマーをなめるなよ！」

俺はさらに森の奥へと入っていった。

誰もが無理だと思うようなことをしてこそ、チートってもんだろうが。


✾・✾・✾・✾・✾・✾・✾・✾・✾・✾・✾・✾・✾・✾・✾・✾・✾・✾・✾

一角ネズミを倒しても出てくるのはほとんどがネズミ肉と五〇ドルグのカードだった。

ユニコーンの角が一本も出てこない。

だが、その一角ネズミ狩りは思わぬ方法で順調にいくようになった。

きっかけは、一角ネズミを倒したときに落とした一角ネズミのカードだった。

俺はそれを見たときに思いついた、閃《ひらめ》いた。

すぐに具現化し、一角ネズミを召喚。そして、こう言ったんだ。

「他の一角ネズミをここに連れてこい。できるだけ多くだ」

すると、一角ネズミは頷いて、口を大きく開いた。

何か叫んでいるのだろうか、しかし音は全く聞こえない。

だが——。

「風……？」

森全体が揺れている……？　違う、そうじゃない、そうじゃない、森全体が揺れるほどに——。

来やがった、一角ネズミの群れだ！

その数、一〇〇や二〇〇ではない。

「ファイヤーウォール」

炎が壁を作って、ネズミの群れを飲み込んだ。っと、やばい、消えろ！

そう胸中で叫び、炎の壁を消す。

危うく木に燃え移るところだった。

ファイヤーウォールはキケンだ。ならば、一匹一匹やってやる。

俺は短剣を構えた。

足元にいるペットの一角ネズミに、仲間はもう呼ばないように注意した。

数を数えるのもばからしいネズミを倒したところで、群れはおさまった。

代わりにカードが大量に落ちていた。その数は一〇〇〇を超えているだろう。

「よし、お前もカードを集めるの手伝ってくれ」

足元の一角ネズミにカード拾いを命じながら、自分もカードを集めて回る。

ほとんどはネズミ肉だが、ネズミの牙もたまにあった。

一角ネズミのカードも三枚見つけたところで、俺はそれを見つけた。

「あった、ユニコーンの角のカードだ！」

レアドロップ率UPのおかげだろう。さらに探して回ると、結果、三枚のユニコーンの角が見つかった。

あとは繰り返しだ。

再び一角ネズミに仲間を呼ぶように命令した。

だが、回数を重ねるごとに効率が下がっていく。森のネズミの量が減ったのだろう。

朝日が昇ったころには、二〇〇〇枚近くのネズミ肉と、五〇〇枚近くのネズミの牙、二五枚の一角ネズミと六枚のユニコーンの角が揃った。

それと、もう一枚。よくわからないカードだった。

目標達成だ。

念のため人目の少ないカード買取所の裏路地に瞬間移動した。

「戻った」

扉をぶち破ってしまいそうな勢いで店内に入ると、店主は笑顔で迎えてくれた。

「どうでしたか？　ユニコーンの角はとれましたか？」

「ユニコーンの角のカード、今夜は六枚手に入れた！　買い取りを頼む！」

「……イマ……ナントオッシャイマシタ？」

聞こえてなかったのか？　俺はポケットからユニコーンのカードを六枚取りだした。

「だから、ユニコーンのカードを六枚手に入れた！　買い取りを頼む！」

「わ、わかりました！」

店主はそう言うと、貨幣とカードを含めて、六〇〇万ドルグを用意してくれた。

もう太陽は完全に顔を出し、教会の鐘も鳴った。

「ミーナ、サーシャ！」

教会の扉を開いて名前を呼ぶと、多くの村人がこちらを見た。

どうやら、ミサの邪魔をしたようだ。

「おぉ、これは勇者様！」

神父様がそう言ってきた。勇者様？　俺のことか？

住民も感謝の声をかけてくれる。よくサーシャを助けてくれたとか、盗賊を退治してくれてありがとうとか。

とてもこそばゆい言葉だ。だが、今はそれどころじゃない。

「ミーナとサーシャは？」

「部屋で祈りをささげております」

「二階か」

教会の脇にある階段から二階に駆け上がる。

そこには神父様の居室と客間があった。

そして、開かれた客間の中に、

「ミーナ！　サーシャ！」

「おや、タクトじゃん。昨日はどこいってたのさ、礼をしようと思ったらいないから、心配したじゃないか」

「スメラギさん、よかった、最後にお礼を言えて」

「最後になんてさせない。ほら、これ」

俺はカードと貨幣をミーナに渡す。

「これ……うそ、なんなんですか、この大金は？」

「あぁ、ユニコーンの角が高く売れたんだ。これで大丈夫だ。借金をこれで返してくれ！」

「でも、そんな、一昨日会ったばかりなのに……」

「頼む、もらってくれ。信じてくれないかもしれないが、このお金は一晩で稼いだんだよ。カード買取所の兄ちゃんも協力してくれてさ」

「へぇ、あのルークがねぇ」

サーシャはそう言って貨幣を見た。

「でも、これはもらえない」

「なんで」

「私たちはふたりで生きてきた。助けてくれたことはうれしいが、施しを受けるつもりはない」

「なんでだよ」

俺が言うと、サーシャは少し怒って、

「たとえ奴隷に落ちようともね、私たちは誇りを持って生きたい。ここであんたの助けを受けられない」

「ミーナも奴隷になるんだぞ！」

俺は思わず怒鳴っていた。

サーシャの言い分が自分勝手でプライドにこだわりすぎているように感じられたから。

「……それは」

サーシャが言い澱《よど》んだ。

「平気だよ、お姉ちゃん。お姉ちゃんが平気なら私も平気。そうでしょ？」

「……ミーナ」

「宿屋はどうするんだよ、お前たちの両親が残してくれたんじゃないのかよ」

「神父さんに相談したら、町で建て直してもらえることになったよ。町営宿舎にすることで話がまとまった」

サーシャが静かに笑った。そして語った。

「……施しなんかじゃないよ。ミーナ、サーシャ聞いてくれ。俺はふたりに命を救われたんだ」

「は？　私たちを救ってくれたのはタクトのほうじゃないか」

「俺がこの町に来たときは正直不安でいっぱいだったんだ。いろいろあってな、本当にこの世界で生きていけるか不安だった。そこで助けてくれたのは、俺に親切にいろいろと教えてくれたサーシャと、宿屋で最高の笑顔で接してくれたミーナだった」

何しろ、狼に殺されそうになったばかりだった。

あのときは知らないおっちゃんに助けてもらったが、もう一度同じ目にあえばどうなるかはわからなかったしな。

「ゆっくり考えてくれ。だから頼む、今すぐにでも奴隷になりたいなんてことは言わないでくれ」

俺はそう言って、部屋を出た。

すると、そこには神父さんが待ちかまえていた。

「あとはふたりが決めるでしょう」

「……ですね」

全てを見通しているような神父の言葉に、俺ははにかんだ笑いを浮かべた。

そして、神父さんは俺を別室に案内して、お茶を出してくれた。

「ところで、スメラギさんは流浪の民を知っていますか？」

「いえ」

正直に答えた。

流浪の民どころか、この世界にいる民族なんて何も知らない。

「彼らはどこから来たのかわからない、どこにいくのかもわからない民です」

「へぇ……」

どこから来たのかわからない。遊牧民とかいうものだろうか？

そう思ったが、どうやら違うようだ。

「彼らが目を覚ましたときには、この世界のどの国にもないような服を着ていて、靴を履いていない人が多く」

神父さんは一拍間をおいて、続けた。

「そして、特殊な力を持っているそうです」

特殊な力？

それって、もしかして、俺の瞬間移動とかカード化などのボーナス項目のことでは？

ということは、流浪の民は俺と同じようにゲームを始めて、この世界にやってきた日本人のことではないだろうか？

「私も、流浪の民のひとりです。スキルを確認したり、スキルを五つ装着できたり、不思議な力をいくつか持っています」

もしかして、神父さんも日本人なのか。そんなわけないとは思うが、神父さんは黒髪で、黄色人種。

服装を除けば日本人そのものだ。

可能性はあったんだ。

『アナザーキー』

この世界をプレイするきっかけになったゲーム。

このゲームの制作スタッフと、テストユーザーが行方不明になっているという事件。

あのとき、俺が聞いたラジオの話だと、ゲームを始めた人が消えたという。

消えたんじゃなくて、この世界にやってきたのではないのだろうか？

「神父さん、名前を聞かせてもらっていいですか？」

俺は恐る恐る尋ねた。

すると神父様は己の名前を告げた。

「タクミ・スズキ、と申します」

間違いない、日本人だ。俺と違って名前と名字が逆だけど。

まさか、こんなところで日本人に出会っていたなんて。

俺と一緒でこの世界に来たんだ。

だが、それ以上に気になることがある。

「神父さん、ニホンという地名をご存じですか？」

「ニホン？　いえ、聞いたことがありません」

やはり、自分が日本人であったことは覚えていない。

俺は落胆し、それでも可能性を模索する。

「えっと、目を覚ましたときの格好って、どんな格好でした？」

「そうですね、堅苦しい黒の上下の服と、白いシャツ、黒い靴下を履いていましたが靴は履いていませんでした」

おそらく一般的なスーツだ。ネクタイをしていないってことは、会社から帰ってネクタイを外してゲームを始めたってところだろうか？

「あの、目を覚ましたときはどのくらい前なんですか？」

「六年ほど前ですね。流浪の民は七年前から少しずつ現れたという報告を受けています」

六年？　七年？

俺の家にゲームが届いたのは、この世界に来る六日前。早い人なら七日前にはゲームが届いていただろう。

まさか、時間の流れが違うのか？

向こうの一日が、こっちの一年とか。

「そうですか……どうしてその話を俺に？」

「スメラギさんもそうなのではないか？　と思いまして」

「……そうです。俺もたぶん、その流浪の民なのだと思います」

「やはりそうでしたか。その服に似た流浪の民の方が何人かいたそうです」

確かに、ゲームは家の中でするものだから、ジャージの人間は多そうだ。

パジャマでしてた人間とかもいただろうな。

「六年前が一番多く、それから徐々に減ってきて、近年は全く増えなくなったそうですが」

それはそうだろう。ゲームとは入手したその日に遊びたいものだ。そして『アナザーキー』に関しては入手日にプレイしないと、その後はニュースで行方不明事件との関係について世間が騒いでいるため、大抵の人は怖くてプレイしなくなるから、その先の転移者の数は当然先細る。

テレビも見ないでチートコードの解析なんてしていたのなんて、俺くらいなものだろう……。

「神父さん、すみません、教えてくれませんか？　この世界のこと。できるだけ……」

「わかりました。何から話しましょうか……」

神父さんはそう言って話し始めた。

まず、この世界のこと。東西南北に四つの大陸があり、ここは東の大陸と呼ばれていること。南の大陸には魔王と魔族がいること。

魔物は魔力が具現化した存在であり、倒しても魔力が四散するだけで、一部はカードとして残るが、放っておけば魔力を吸収して元の姿に戻ること。

エルフという種族、ドワーフという種族や獣人族など人間以外の種族もいること。

スキルのレベルを上げることで手に入る上位スキルがあること。体力や腕力などはスキルの数とレベルで決まること。

順序など関係ないが、世界、種族、スキルなど多くのことを教えてもらった。

つまり、スキルが二〇個装備できる俺は、普通の人間の五倍の能力が備わるということか。

ボーナス特典を考えると、さらに強くなる。

「異世界について詳しい人間はいませんか？」

「……異世界……ですか？」

神父さんは一言「そんなものが本当にあるのかはわかりませんが」と付け加えたうえで、

「王都の宮廷魔術師の〝マリア〟……彼女は異世界について調べています」

「魔術師？　魔法使いですか？」

「いえ、彼女は錬金術師です。どのような職業かは私もわかりません」

「錬金術師？」

錬金術師とは卑金属から金を作ろうとした集団だったと世界史の授業で習った。水銀を不老不死の薬とか信じて飲む人間がいた時代のことだ。

金を作ることはできなかったが、今の化学の基礎となる法則を多く発見したのも錬金術師の功績だといっていい。

だが、それはあくまでも俺の世界の話。もしもこちらに錬金術師がいるのなら、金を作りだしているのかもしれない。

「よし、とりあえずマリアさんに会ってみよう」

「王都への馬車は今日はもう出ませんよ」

確かに、ミーナが、馬車は朝の八時に王都に出ると言っていたのを思い出した。

「はい、明朝に出ます」

俺はそう告げた。

目的は決まった。

まず、マリアという女性に会うこと。

それと……他に日本人がこっちにいるのなら、必ずその中にいるであろう兄貴。兄貴を見つけだす。

そして、元の世界に戻る方法を探す。

この三つだ。

「そうですか、ふたりも悲しみます……っと、噂《うわさ》をすれば、ですね」

神父さんがそう言うと、

「スメラギさん」

「タクト」

ミーナとサーシャが入ってきた。

ふたりは、何かふっきれたような表情をしている。

俺のお金を受け取ることを決めてくれたのならいいのだが。

「さっき、ミーナとふたりで話し合って決めたんだ」

「はい、あのお金を受け取ろうと思います」

ふたりの宣言に、俺は胸を撫で下ろした。

よかった。

これでふたりは少なくとも奴隷落ちすることはない。

宿も村が建て直すことになったというし、これで全てが解決だ。

「その代わり、私たちはタクト、あんたの奴隷になることにしたよ」

サーシャのその宣言に、俺はその場にずっこけそうになった。

「待て待て、どうしてそうなった！」

「そりゃ、一方的に金を借りるのがしゃくだからだよ。どうだい？　こんな美女ふたりを好きにできるんだ、悪い話じゃないだろ？」

サーシャはそう言って、俺の手を取り自分の顔へと持っていった。

うわぁ、とてもやわらかいほっぺだ。

って、いやいやいやいや、ちょっと待て。

いろいろとまずい。

主に俺の理性がまずい！

「そうだ、俺はこれからこの町を出て、東の王都に向かうことになったんだ。ふたりだってこの町を出るのは嫌だろ？」

「主人の命令なら断ることはできないよ」

「私もついていきます。この町には思い出もたくさんありますけど……燃え残った宿屋を見ていると、やっぱり辛いですし」

ミーナも俺についてくる気のようだ。

「えっと……マジで？」

本当にふたりとも俺の奴隷になってついてくるっていうの？

ふたりを奴隷にさせないために働いたのに、なんで俺の奴隷になるんだよ。

結果は失敗だろ。

「それはいいですね。スメラギさん、ふたりを頼みましたよ。彼女たちが君の奴隷になる手続きはこちらでしておきますから」

神父さんはとてもうれしそうに笑いながら、「そうそう、さっきふたりが寝ていた部屋で休みなさい。君も昨日は寝ていないんだろ？」と声をかけてくれた。

その後は王都にいく話し合いをした。

主人と奴隷という関係を気にしたのか、ミーナの喋《しゃべ》り方が少し変わっていた気がする。

俺は先に休ませてもらった。

昨日は全く寝ていなかったため、ベッドに横になると、一瞬のうちに意識を失った。

＊　＊　＊

『スメラギさん、寝たようですね』

あれ……なんかかわいらしい声が聞こえる。

『ああ、昨日の夜さ、ルークさんのところにいったら教えてくれたんだよ。タクトは私たちのためにユニコーンの角を採りにいったんだ。一晩中戦っていたんだと思うよ』

『……お姉ちゃん、もしかしてスメラギさんのことを？』

『ああ、たぶんミーナと同じだよ……だからこそ、私はタクトに助けられたくなかった。助けられるだけの関係になりたくなかったの』

『うん、私もたぶん同じだよ。でもさ、それでも私はスメラギさんに感謝してます。知らない人に買われるのはやっぱり怖かった』

『だよね。私も意地を張ってたよ。タクトには感謝しないとね』

『もう、お姉ちゃんったら、スメラギさんは私たちのご主人様になるんだから、その呼び方変えたら？』

『タクトはそんなの望んでないって』

『うん、そうだね。じゃあ、神父様に台所を借りてごはんの用意しよっか』

『そうだね』

あはは、なんだよ、これ。

なんてご都合主義な夢なんだ。

でも、夢でもありがたいや、胸のつっかえが取れたような気がする。

＊・＊・＊・＊・＊・＊・＊・＊・＊・＊・＊・＊・＊・＊・＊・＊・＊

起きると、ミーナは少しぎくしゃくしていたが、それでも寝る前よりはいい関係で会話ができた。少しは正夢だったのだろう。

夕食はあの硬いパンと、武器屋のおばちゃんが差し入れしてくれたウサギの肉を使った香草焼きだった。絶対俺があげたウサギの肉だろ、と思ったが、三人でおいしく完食した。

そのあと、俺はミーナ、サーシャと同じ部屋で寝ているという事実に気づき、緊張で全く眠れなかった。

「スゥー」

「ムニャ……」

女の子の寝息って、なんでこんなにかわいいんだろ。

そう思って少しふりむくと、サーシャが寝返りをうった。光源が窓から差し込む月明かりのみだというのに、布団を巻き込むように寝ているサーシャの太ももがはっきりと見えて、さらに視線をずらすと――。

（なんでズボンはいていないんだよぉぉ、ちくしょう、ありがとうございます）

白い布きれが見えたことに興奮しながら反対側を向く。

そちら側にはミーナがいて、

「スメラギさん……ダメです……そんな……私、そこは敏感なんです」

な、何の夢をみておられるんですか？

俺の名前を入れてそんなことを言わないでください。

ていうか、三人並んで寝るのは百歩譲って仕方がないとして、なんで俺が真ん中なんだ？

「スメラギさん……お願い、耳に息をふきかけないで」

そんなことしていませんよ、俺、そんなことしたことありませんよ。

何してるんだよ、夢の中の俺は！

「あんっ！」

ミーナの喘《あえ》ぎ声に、俺は耳をふさいで布団に潜り込んだ。

彼女たちを奴隷にすると決めたことで、一番苦しむのは間違いなく俺だ。

そう思った。

昼間寝すぎたせいで、夜はまだまだ長い。

＊　＊　＊

翌朝。俺たちは神父さんや武器屋のおばちゃん、カード買取所の兄ちゃんに礼を言って、ミルの町を去り、王都を目指した。

ミルの町から、馬車は東へと進む。

大きく揺れる。

馬車は揺れる。

おっぱいも揺れる。

「どこ見てるんですか？　ご主人様」

サーシャが不敵な笑みを浮かべて尋ねる。

普段はタクトと呼び捨てにするくせに……。

「悪い」

と謝るが、サーシャが悪いんだよな。サーシャの服は革の鎧だが、その下に肌着が一枚あるだけで、胸の形がはっきりとわかる。ていうか、肌着も薄いので、そこから褐色の肌が透けて見える。

そして、馬車が大きく揺れるたびに……。

「んっ」

小さな喘ぎ声を上げるのだ。胸が揺れて革の鎧にすれているんだろう、とか想像するだけで視線がどうしてもそちらにいってしまう。

「……スメラギさんのバカ」

ミーナに怒られてしまった。

そりゃ、確かに自分の姉をいやらしい目で見たら怒るよな……。

一般的な布の服とドレス、ドレスの下には黒色のタイツを着ている彼女はつまらなそうに呟いた。

「……私だってお姉ちゃんと同じくらいの大きさ……まではないけど小さくはない……ことはないけど」

「え、ごめん、よく聞こえなかった」

「なんでもないです！」

……怒られてしまった。

やっぱり、昨日のことはまだ引きずっているのだろうか。

馬車は森の中を走っていた。

ゴムのない車輪に、整備されていない道、揺れるなというのは無理だろう。

ここはとりあえず、スキルを整理しておこう。

現在、物理系攻撃スキルは、

【拳7・棒術2・短剣13・投擲3・片手剣2】

の五種類。魔法スキルは、

【魔法技能8・魔法（特殊）3・魔法（治癒）4・魔法（火炎）5】

の四種類。防御系は、

【毒耐性3・足防御2・身体防御5・盾1・頭防御1】

の五種類。頭防御は、一角ネズミに頭を噛まれたときに覚えていたのだろう。あのときはナビゲーションをオフにしていたので気づかなかった。

ほかに戦闘に関係がありそうなのは、

【獣戦闘15・対人戦闘3・索敵20・暗視6・魔物使い4・逃走2】

の六種類か。あとは生活スキル、と俺は呼んでいるスキル。

【採取3・伐採8・商売9・信仰（神）2・値切り7・計算2】

の六種類。

あと忘れてしまいたい【盗賊2】か。ネズミ退治のおかげで短剣スキルや獣戦闘スキル、索敵スキルが大幅に上昇したのはうれしいな。

そういえば、ふたりのスキルも確認したいな。

確か、スキル確認はスキル変更技術の下位ボーナスだった。スキル変更技術を取得しているとスキル確認を取得できないシステムだったはずだから、スキル確認はできるはずだ。

「ミーナ、スキルを見せてほしいんだがいいか？」

「そんなことできるんですか？」

「たぶんね」

そう言って、俺はスキル確認と念じる。

見えた。

ミーナのスキルだ。

現在装着しているのは四つ。

【料理技術9・接客13・料理知識9・商売8】

商売8を選択してみる。

現れたのは、

【採取1・短剣1・値切り1・計算1・信仰（神）1・外す】

スキルの数が少ないと思ったが、スキル簡易取得がないのだから、日常のスキルしか覚えられないのだろう。

あと、つけていないスキルは等しくレベル1なんだな。

「ミーナ、とりあえず、商売スキルを外して短剣スキルをつけていいかな？」

「え？　私、短剣スキル持ってたんですか？」

「知らなかったの？」

「はい、全然知りませんでした」

「ミーナは普段から料理をして包丁を使ってるから覚えたんだろうね」

サーシャが快活に笑う。

確かに、包丁って種類でいえば短剣だよな。

「私のも見てみるかい？」

「見せてくれ」

「いいよ、タクトになら全部見せてあげる」

艶《なま》めかしい声で言ってくるサーシャ。絶対からかってる。

サーシャも四つのスキルを装着している。

【片手剣15・商売14・妖艶《ようえん》3・索敵4】

妖艶ってなんだよ、妖艶って。

「あ、もしかして気づいた？　いやぁ、面白そうでしょ？　これって、接客と計算の上位スキルなのよ」

「そうなのか？」

確かめるように、妖艶を選択する。

すると、

【接客15・計算15・信仰（神）8・値切り1・採取1・外す】

と出てきた。

本当に接客と計算のレベルが高い。

「自警団に入ったときに、王都にいってスキルを戦い向きに変えたのよ」

そういえば、スキル変更はミルの町ではできないって言ってたっけ？

スキルを変更するのにもわざわざ王都にいかないといけないのか。

「でも、防御スキルはないのか？」

「まぁね。才能ないのかなぁ、冗談のつもりで、防御を覚えるまで妖艶をつけてたんだけどさ、全く覚えられなくて」

自嘲的な笑みを浮かべるサーシャに、俺は「そっか」とだけ声をかけた。

この世界の法律に、スキルを確認・装着していいのは一五歳になってからというものがあると神父さんに教えてもらった。

ミーナは昨年、サーシャは三年前にスキルを装着した。

もっと小さいころからスキルを鍛えたらいいとか思うだろうが、「子供の無限の可能性をスキルによって縛るのはよくない」という国の方針らしい。

だが、貴族や王族など一部の階級の人間は「国を守るためにその身を犠牲にしてスキルの研鑽《けんさん》に努めなくてはいけない」という決まりのもと、その法律は適用されないらしい。

もっとも、それは建前のことで、貴族や王族に一定の力を持たせることで、国の運営を円滑に進めるための法律だと神父さんは語っていた。

ちなみに、スキルレベル10で一人前。レベル20で玄人。レベル30になると師範レベル。レベル40で天才、レベル50で伝説級だという。

斧レベルが30越えていると自称した盗賊の頭はやはり只者《ただもの》ではなかったということだろう。

「で、王都には何しにいくのか聞いてなかったんだけど、何しにいくの？」

「あぁ、マリアって人に会いにいくんだ」

俺がその名を言うと、ふたりは少し逡巡《しゅんじゅん》し、

「反逆者マリアね」

「奇跡のマリア様ですか」

正反対とも思えるふたつの名前が出てきた。

「知ってるのか？」

「五年前に王都の研究所に現れた錬金術師だよ」

サーシャは知っていることを語った。

五年前に王都の研究所に現れ、多くの知識を語った。

この世界は実は平面ではなく球体であること。月はこの世界の周りを回っているが、この世

界もまた太陽の周りを回っていること。そして、この世界そのものも回転していて、星や太陽が動いて見えること。

どれもこれも信用できない話だったが、彼女の語った多くの事象が、それがあたかも真実であると惑わされてしまうような語りぶりであり、いつの間にかその話は研究所のみならず国中に波及した。

それを快く思わなかったのが教会だった。

彼女の語った内容は、教義に反するものばかりであり、反逆者マリアの名とともに罪人となったそうだ。

――ガリレオ・ガリレイみたいな人だな。

かつて地球にいた科学者の名前を思い出した。どこの世界もそういうところは同じらしい。

「でも、マリア様は奇跡を起こしたの」

ミーナが続ける。

罪人となったマリアだが、国王陛下が彼女を保護し、宮廷魔術師として迎え入れた。

彼女の知識は必ず国の役に立つと信じたから。

それを快く思わない教会と国王との間には軋轢《あつれき》が生じた。

二年前、教皇が不治の病におかされた。治療法の全くない病気。あとは死を待つだけだと思われた。

そこに現れたのがマリアだった。彼女は万能薬でも治せないはずの病気の特効薬だと言って、研究所で作った薬を持ってきた。

誰もがそれを毒だと信じて受け取ろうとしなかったが、話を聞いた教皇が藁《わら》にもすがる思いでその薬を受け取り、服用を続けた。

すると、教皇の身体はみるみるうちに回復したという。

教会はマリアに免罪符を交付し、罪人を撤回。さらに奇跡のマリアという名を授けたという。

「でも、一部の間じゃ、病気そのものがマリアの呪いじゃないか？　って噂が流れてね、信者の間で反逆者マリアの名前は残っているのよ」

サーシャが最後に締めくくった。

この話を聞いただけでも、マリアの持つ能力の高さはわかる。

チートに頼った俺とは一八〇度異なる己の知識による強さ。

それが善か悪かはわからないが、一筋縄でいく相手ではない。

「マリア様は流浪の民や異世界についての研究もしているそうです」

「そのマリア様も流浪の民なのか？」

「あぁ、そういう質問をしたバカがいたらしいわね」

サーシャは思い出したかのように笑った。

「でも、怒られたそうよ。『自分の出自も知らないような無知な人たちと一緒にしないで』ってさ。そりゃそうよね。流浪の民は能力は高いけど記憶を失っているから、無知の民族って言われることもあるの。マリアとは表裏の存在だもん」

「お姉ちゃん、言いすぎよ」

ははは、本当に言いすぎだ。

俺もその能力は高いが無知な民族らしいんで、あんまりなことを言わないでください。

でも、あては外れたようだ。マリアってどう聞いてもこっちの世界の名前だもんな。まぁ、ゲームの中では洋名を使ってるってのはよくあることだけど、今回はその線もないようだ。

流浪の民や異世界について知識があるのはわかった。ならば俺の知りたいことも何かわかるかもしれない。

たとえば自分の世界に戻る方法とか。

——戻りたいのか？

俺はふと両隣にいるふたりを見た。

こんなかわいい子と一緒にいられる世界、俺の望んだ世界じゃないのか？

それに、こっちでは俺には力がある。それを捨てて、俺は元の世界に戻りたいとまだ思っているのか？

未来に現れるであろう選択肢というふたつの道。

俺はそのときどちらの道を進むのだろうか？

馬車はひたすら進む。王都への一本道を。

車輪を回し、馬車をゆらし、
サーシャのおっぱいをゆらしながら。

「あんっ」

サーシャ、絶対俺の反応を見て楽しんでるだろう。ミーナさん、不機嫌にならないでください。

とりあえず、馬車は道をひたすら進んでいた。
森はもう抜けていた。

第四話　マリアの願い

遠くに王都が見え、あともう少し走らせたら目的地だというところだった。

平原には茶色い牛のような動物の群れが見える。二〇〇頭はいるだろうか？

「あれはモーズです。温厚な魔物ですが、一度怒りだすと冒険者五人がかりでも抑えることができません。そのうえ、群れで襲ってきますから、魔物ですが放置されています。絶対に手を出さないでくださいね」

初老にさしかかったであろう年齢の、帽子をかぶった御者がそう説明した。索敵能力では危険信号はないが、さわらぬ神にたたりなしといったところか、別に手を出すつもりはない。

「止めてくれっ！」

俺は自ずと叫んでいた。

そのときはなぜそんなことをしたのかわからなかった。自分が叫んだことに驚いたくらいだ。だが、全身に立つ鳥肌が危険信号を発している。

「馬車から降りるぞ、ミーナ、サーシャ！　やばい！　何かは知らないがやばすぎる！」

ワンウルフや盗賊の比ではない。

索敵20のスキルでかなり遠くの敵の位置までわかるようになったが、もちろん遠くにいたほうが気配は希薄のはずなのだが、今回は遠くにいるはずなのにこの感覚。

「な、何があったんですか？　お客さん！」

馬車が急停止し、馬が唸り声を上げる。

「やばいものが来る！　それだけは確かだ！」

「やばいものって、なんなんですか?」

「わからないが、間違いなく俺たちじゃ太刀打ちできない相手だ」

そう言い、俺たちは馬車を飛び降り、岩陰に身を潜めた。

「お、お客さん、待ってください!」

御者の男が馬車を木に縛り、慌ててこちらに駆けてくる。そのときに帽子が飛んだ。頭頂部が光って見える。

「お客さん、どうしたんですか、いったい何が」

「黙ってろ。サーシャのようにできるだけ身を潜めるんだ」

【隠形スキルを覚えた】

【隠形スキル:敵から身を隠すとレベルが上がる。レベルが上がると敵に見つかりにくくなる】

スキルを覚えた。普段は喜ばしいことだが、今は邪魔だ。俺はメニューを開き、ナビゲーションをオフにする。

サーシャも索敵スキルを備えている。レベル4でも、もう気づいたのだろう。

(上だ)

俺は胸中で叫び、指で上を指す。

御者とミーナ、サーシャは空を見て……絶句した。

それはジャンボジェット飛行機と見間違うほど巨大な生物の影。

長いしっぽと巨大な翼、藍色の鱗《うろこ》を持つ魔物。

アニメや漫画では飽きるほど見たが、実物を見るのはもちろんはじめてだ。空想上の生物とされる生き物。

それを見た御者は語りだした。まるで恐怖の心をごまかすかのように。

世界最強の生物は何か。

魔力の高い魔族。

普通の人が持たない技能を持つ流浪の民。

その大きさは人々を畏怖《いふ》させる巨人族。

それらは確かに強い。でも、個として最強かと訊かれたら、それは否だと御者は語った。

数こそ少ないが、空、陸、海、全てにおいて最強、食物連鎖の頂点に立つ獣。

「ドラゴンこそが最強だと私は思います」

そう言った。

わかるよ、俺も同じ気分だ。

そう、空を悠々と舞う飛竜を見て、同じ生物のジャンルで分けるのがバカらしい気分になる。

たとえ、空を飛ぶ能力や力が一〇倍になる能力を持っている蟻《あり》がいたとしても、何の能力も持たない象に踏みつぶされたら負けるように、人間は何をしても飛竜にはかなわないのではないかと思ってしまう。

「大丈夫だ、通り過ぎた。あいつの狙いは俺たちじゃない」

飛竜は俺たちのいる場所を通り過ぎて、大地へとその足の爪を振り下ろす。

そこにいたのは――モーズだ。

飛竜はモーズを強大な後ろ足の爪で絶命させ、そしてその肉をむさぼり始めた。

「カード化しないのか？」

魔物は死んだらカード化する。

例外はないはずだ。

「飛竜はモーズの魔力を固定化させたんです。魔物は普通死んだら魔力を四散させて、カードを残しますが、あいつはそれを自分の力で固定させ、その魔力を全て取り込んでいるんです」

御者が説明する。

「そんなことが可能なのか？」

「飛竜は翼で飛ぶんじゃない、魔力で飛ぶの。そのための魔力を魔物や人間を取り込むことで手に入れている。竜は魔物であって魔物ではないの。たとえ竜が死んでもカードには変わらないって聞いたことがあるわ」

サーシャが説明を続けた。

「そうか、とりあえずこれがあいつの食事なら、食事が終わったら去ってくれるだろうから、それまで待つか」

「…………いえ、そうはいかないようですよ」

御者の顔が青ざめていた。

なぜならば、飛竜から逃げるモーズの群れが目指す先は、明らかに俺らが隠れている岩場だったから。

「モーズの角は岩をも砕きます！　ここにいたら危ない！」

とはいっても今更逃げられないだろ！

「瞬間移動！」

そう魔法を唱えた。だが、何も起こらない。

「くそっ、外なのに、なんでなんだよ」

肝心なときに使えない魔法だ。

「ファイヤーウォール！」

俺は炎の壁の魔法を唱える。

大きな壁となった炎がモーズの一団を飲み込んでいく。その数は二〇は超えるだろう。全てがカードへと変わった。

そして、残ったモーズも俺の魔法の危険性を察知して別の方向へと逃げていった。

横で御者が「すごい……なんて魔法だ」、サーシャも「消し炭の盗賊を見たときはまさかと思ったけど」と驚きを隠せない様子である。俺が魔法を使っているところを何度か見たことのあるミーナも驚いている。

これで当面の危機を脱した――わけではない。

俺のファイヤーウォールをそいつが見ていたからだ。

飛竜だ。

そいつが、翼を羽ばたかせてゆっくりと浮上し、本当にゆっくりと浮上し、
こちらに急降下してきた。

「頼む、瞬間移動！」

ダメだ、使えない。なんでなんだよ。

諦めるな、諦めたらそこで試合、いや、この場合は人生が終了だ。

ファイヤーウォールもファイヤーフィールドも地上二メートル程度にしか効果のない魔法だ。

ならば――。

「ファイヤーボール！　ファイヤーボール！　ファイヤーボール！」

俺は決死の思いで下級の火炎魔法を唱えた。ナビゲーションメッセージは出ないが、前使ったファイヤーボールのときの比じゃないＭＰ消費を感じられた。

ふたつの火炎球と、通常の五倍はあろうかという火炎球が煙を上げ、飛竜を飲み込む。

これでダメなら終わりだ。

そして、結果は悲惨なものだった。

煙の隙間から飛竜が速度を緩めずに、いや、さらに増した速度でこちらに迫っていた。

もうダメだ。


ぐちゃ。


音だった。

見ると、竜に槍《やり》が――槍と呼ぶにはとても巨大な槍が刺さっていた。

まるでオーディーンが使うグングニルの槍のような巨大な槍。

そして、

ぐちゃ。ぐちゃ。


王都のほうから同じような槍が二本飛んできて、飛竜に突き刺さり、鮮血が緑の草原に赤い染みを作る。

飛竜はその槍の力を全身に受け、俺たちの隠れている岩をぎりぎり通過して後方に落ちた。

「なんなの、これ――」

ミーナが言う。

もちろん俺がわかるわけがない。

ただ、これに似たような武器があるのは知っている。

『バリスタ』

巨大な弓矢のような武器。

だが、王都までまだまだ距離はあるというのに、それを届かせるだけの技術が王都にはあるというのだろうか?

三本の槍で串刺しにされた飛竜を見て、俺は頬を伝う汗を拭った。

⚜・⚜・⚜・⚜・⚜・⚜・⚜・⚜・⚜・⚜・⚜・⚜・⚜・⚜・⚜・⚜・⚜・⚜・

王都・見張り台。


『飛竜落下。旅人は無事です』

『威力はまぁまぁね。実験結果をまとめたらさらに改良するわよ』

『了解しました、マリア様！』

マリアと呼ばれた女性は、飛竜に襲われそうになっていた旅人たちを一瞥《いちべつ》する。

（ジャージ？）

流浪の民がまたこの町に来たのか。

マリアはそれだけを思うと、嘆息して去っていった。


⚜・⚜・⚜・⚜・⚜・⚜・⚜・⚜・⚜・⚜・⚜・⚜・⚜・⚜・⚜・⚜・⚜・⚜・

堀と城壁に囲まれた巨大都市、サマエッジ王都。

入口は西と東の二か所の城門のみで、俺たちの馬車は西の城門に入場することになった。

王都に入るのに、来訪した目的を訊かれ、「宮廷魔術師であるマリア様にお目通り願いたく参りました」とどこかで聞いたようなセリフを使い回して言ってみた。

門番の男は俺の姿を見て何かに納得したのか、通行の許可を与えた。

城門をくぐるとそこは別世界だった。

石畳の幅の広い道がまっすぐのびており、その先には東の門が見える。

道の左右にはレンガ造りの家々が建ち並び、その光景はまるでヨーロッパの大都市のようだ。

「じゃあ、私はここで。いやぁ、お客さんがいなかったら、ドラゴンに見つかって食べられているかもしれないところでした」

と御者さんは褒めてくれたが、しっかりと馬車代はとっていった。三人分で一五〇ドルグだった。

飛竜は巨大な槍三本によって絶命していた。聞いた通り、ドラゴンの遺体はカードには変わらずに草原に倒れていた。

そこに馬に乗った騎士のような男が三人現れ、あとは自分たちが処理をしておくから、馬車に乗って王都に入るようにと言ってくれた。

あと、モーズを倒したときに手に入れたカードは自由にしていいそうだ。

「王都に来るのも久しぶりです」

「そうだね、二年ぶりになるか」

「そうか、ミーナもサーシャも、スキル変更は王都でしたんだっけ？」

スキルを変更するためには、教会の本堂に行って地下の特殊な魔法陣の中に入らないといけないらしい。

そのような魔法陣はこの大陸には他に四か所あり、うち二か所は教会の管理下、一か所は国の管理下、もう一か所は自治都市の中にあって都市の管理下にあるという。

どこも予約が必要であり、この王都の魔法陣だと二年は待たないといけないらしい。

「マリア様って人はどこにいるのかな」

「国立研究所はあっちだよ。王城の手前さ」

サーシャが指さしたのは、北東の方角だ。

「三年前、見学させてもらおうと思っていったんだけどさ、門前払いされたよ」

「国立研究所っていったら国の最高機関だろうからな。機密データとか盗まれたら大変だし」

「そうだよ、お姉ちゃん。そもそも、お姉ちゃんって研究とかそういうのあまり興味ないいんじゃなかったっけ？」

「まぁね。でもさ、反逆のマリアの顔を拝みたくなったんだよ。二年前に来たときはすでに奇跡のマリアって呼ばれてたから、そのときは興味なくしたけどね」

「逆じゃないのか？　奇跡を起こす人なら顔を見たくなるけど、罪人と関わったらあまりよくないだろ」

「そうだけどさ……面白いじゃない？　教会や信者を敵に回してまで、真実を語ろうとした勇者ってことだろ？」

サーシャはそんなことを言った。

そういうものだろうか？

しばらく通りを歩いていると、カード換金所のマークがあった。

モーズを倒したときに手に入れたカードが山のようにある。

ロース三〇枚、カルビ九枚、バラ二三枚、霜降り七枚、タン一四枚、サーロイン三枚、牛革一九枚、牛角九枚、牛骨八枚、牛乳三〇枚、モーズ二枚。

やたらと部位が多い。焼肉パーティーができそうだ。できれば「ミノ」とか「てっちゃん」あたりがあったらうれしかったのだが。

一昨日の夜に手に入れたネズミ肉やネズミの牙、一角ネズミ、そして火鼠の皮袋も換金せずにとってある。

門と門を結ぶ通りのちょうど真ん中にさしかかったところで、南北に通じる大きな道と交わった。

南にはモンサンミシェルのような巨大な教会が、北にはヴェルサイユ宮殿のような王城があった。

「すごくでかいな」

東京に来て、とりあえず高い建物に感動するおのぼりさんのような感想を呟く。俺たちはさらに北へと歩く。大通りはまだ続くというのに、遠くに大きな金属の柵の扉があった。あの門より奥は住居の造りも違うようで、豪華な装飾が施された住居が目立ち、王城はさらに向こうにあるようだ。

「あの門より先は、貴族や王族の方々の住居ですから、私たちは入れないんです。でも、目的の研究所は門の外側にありますから安心してください」

「そうなのか？　大事な施設なら門の向こうにあったほうがいいと思うんだが」

「研究員のほとんどは貴族ではないので」

なるほど、確かに貴族というとドレスを着てお茶会をしている貴婦人のイメージが強いが、研究者は地下室でフラスコ片手に笑っているイメージだ。その姿は光と闇、対極の存在と言っても過言ではない。

金属の柵の門を見張っていた兵がこちらを見てくるが、目的の研究所は門の手前側にあった。横浜のみなとみらいにいったときに見た赤レンガ倉庫を思い出す造りの建物で、煙突からは煙が上がっている。

そして、入口には騎士がひとり立っていた。

「すみません、マリア様にお目通りを願いたいのですが」

「今日は誰も面会の予定がない」

騎士がぶっきらぼうに答える。

だが、そこは予想の範囲内だ。

「流浪の民について調べてるんですよね、俺、流浪の民なんです」

「ふむ……その出で立ち」

騎士は俺の着ているジャージを見てくる。

この最先端のファッションはこちらの世界には存在しないはずだ。

「ウソではなさそうだが……ちょっと待っていろ」

騎士は建物の中に入っていった。よし、これでうまくいきそうだ。

しばらく待つと、騎士が戻ってきた。

「マリア様に話したところ、流浪の民の研究はもう十分だと仰《おっしゃ》られた。だから面会はまかりならん」

「そ、そんな、なんとかなりませんか？　金なら払います！」

「貴様、それは私への侮辱ととってよいか？」

「め、めっそうもない。俺はただ――」

「ならば下がれ。下がらぬならこの場で首をはねる」

騎士はそう言って剣の柄を握った。

そう言われたら引き下がるしかない。

「残念でしたね」

「まぁ、落ち込むなって」

ミーナが慰めてくれて、サーシャが励ましてくれる。

「マリアもさ、一日中研究所に籠っているってわけじゃないだろ？　帰るときを見計らって話せばいいんじゃない？」

「いや、それもあの騎士がいるから難しいだろ、少なくともあの騎士の視界の中で待っていたら、本当に首をはねられる」

もちろん、もしも本当に殺されそうになったら全力で抗《あらが》って逃げるくらいはできるだろうが。

とりあえず、今日は宿をとるか。

そう思ったとき、背中から男の声が聞こえた。

「おぉ、お前はあのときの坊主じゃないか」

そう言って声をかけてきたのは、見間違うはずもない髭面のおっちゃん。

俺が狼に襲われたときに助けてくれた人だ。

あのときは狩人の服装だったが、今日はなんか立派な服を着ている。

「おぉ、かわいい嬢ちゃんたちを連れてるな。お前のこれか？」

おっちゃんが耳元で囁《ささや》き、小指を立ててくる。

そんなんじゃない、とは言わなかった。

「で、おっちゃんは何をしているんだ？」

「あぁ、部下の目を盗んで逃げ……じゃない、毛皮を売りにな。ミルの町より王都のほうが高く売れるからな。さすがに王都に入るのに狩人の姿はいけないだろうとか思ったが、お前は相変わらずの格好だな」

「まぁ、この姿は俺の誇りだからな。おっさんの服も趣味悪いと思うぞ？　派手すぎて、まるで貴族か王族みたいだぜ？」

「そ、そうか？　ははは」

ふたりで盛り上がっていては悪いと、俺はミーナとサーシャにおっちゃんのことを紹介し、俺はおっさんにマリアに会いに来たことを告げた。

「あぁ、あの嬢ちゃんか……ワシも何度か会ったことがあるぞ。もしよかったら、アポをとってやろうか？」

「本当か？」

「男に二言はない」

「ふむ、ならあそこにレストランがある。金はグラマンが払うと言えばただで飯をくわせてくれるぞ。その間に俺はマリア嬢ちゃんのところにいってきてやる」

「金ならあるから自分で払うって」

「ははは、気にするな」

そう言って、おっちゃんは去っていった。

前もそうだったが、気前のいいおっちゃんだ。

「その、なんていうかすごいお方ですね」

「いい人だろ？」

「そんなことよりごはんにしようぜ、ごはんに」

レストランはオープンテラスのような造りになっていた。

昼過ぎであったので、多少込み合っていたが、グラマンからの紹介だというと、店主は予約席をあけて席を用意してくれた。

「グラマン様は私の恩人でもあります。だからこの席はいつもグラマン様の予約席であり、代金はいただいておりません」

と説明してくれた。おっちゃん、何気にすごい奴なのかもしれない。

そして、出てきた料理も見たこともない料理ばかりだった。

フランス料理のフルコースのような料理で、どれも絶品だ。ただ、飲み物として出された葡《ぶ》萄酒《どうしゅ》には困った。いや、高いんだろうがとても苦い。その上酔っぱらう。

「アンチポイズン」

俺はたまらずにそう呟くと、体内のアルコールは分解された。

やっぱりあれだ、お酒は二〇歳になってからだな。

その後もデザートまで料理を楽しみ、少し休憩をしたころ、おっちゃんが戻ってきた。

だが、その顔には覇気がない。

「すまん……」

無理なようだった。

「俺が頼んだのに断るとは……」

「どうしても無理そうか？」

「いや、あいつはお前らに会うのに条件を出してきた」

「条件？」

「一角ネズミが落とすという伝説のアイテムの入手だ」

「ユニコーンの角か、わかった、それをとってくればいいんだな」

それなら一晩で六本手に入れた。入手は不可能ではない。

と思ったが、それは早合点だった。

「ユニコーンの角はロトドロップだな。マリアの望むのはレジェンドドロップのほうだ」

めったに出ることのないアイテムをレアアイテムというが、おっちゃんが言うにはレアアイテムの中にも種類があるらしい。

ドロップ率一〇〇分の一から一〇万分の一がレアアイテム。

ドロップ率一〇万分の一未満の出現率のアイテムがロトアイテム。宝くじ道具という名の通り、宝くじに当選するような確率でしか入手できないことからその名がついたらしい。

もうひとつ。ドロップ報告が過去の書物や物語の中にしかないアイテムのことをレジェンドアイテムという。

「決して燃えることのない革布。そんなもの、わしでも見たことがないぞ」

俺はそのアイテムを持っている。

「奴はいつでもこうだ。竜のレジェンドアイテムを持ってこいとか、巨大貝のレジェンドアイテムを持ってこいだとか、シャーマンゴブリンの落とすレジェンドアイテムに、ゴールデンツリーが落とすレジェンドアイテム。どれもこれも見たことのないアイテムばかりだ」

おっちゃんは言った。

俺はそのアイテムを持っている。そう言おうとしたときだった。

待ってくれ、そのアイテムって……。

俺はおっちゃんからアイテムの名前を聞いて愕然《がくぜん》とした。

間違いない……マリアは日本人だ。

しかも……現世での記憶を持っている。

俺は自分の持つカードを見てその確信を深めた。

＊＊＊

好奇心は新しい道に導いてくれる。

ウォルト・ディズニーの名言だ。

家に荷物が届いた。両親が温泉旅行にいって、私がひとりで留守番をしていた日のことだ。

ゲームだ。

間違いない、ゲームだ。

私にとってゲームはテト〇スで止まっている。

一〇〇円ショップで買ったもので、電池がなくなるまで遊んだ記憶がある。

だから私はこう言う。応募した覚えがない――。

ゲームに興味がないわけではないが、私にとってゲームは禁忌だった。

一年後に受験を控えた私にとって、ゲームなどやっている暇はない。

「…………最新機種だ」

噂には聞いていた。某社が開発したゲームがあると。

新聞を読むのが唯一の娯楽である私にとって、最新ゲームの開発情報も当然手に入れている。

やりたいとは思ったが、やろうと思ったことはない。

そのゲームが届いた。

同封の紙にはこう書かれている。

『テストプレイヤー当選おめでとうございます』

抽選に応募した覚えはない。

同封の返信用封筒とレポート用紙。

ゲームの動作を見て、感想をレポートに書いて返送するように書いている。

そんなもの、応募した覚えはない。

いや、そういえば聞いた。わかった。全て合点がいった。

三週間前、姉から電話があって、

『あんたの名前でもゲームの抽選に応募したからさ、当たったら電話してよね』

そう言われた。つまり、お姉ちゃんが勝手に応募して、勝手に当選したようだ。

謙虚なアイドルの「友達が勝手にオーディションに応募してぇ」みたいな話だ。

私はとりあえず姉に電話した。

だが、通じない。全く通じない。

姉も大学は休みのはずなのに。

さて、どうするか。

まず、第一に、これはゲームに当選したのではなく、テストプレイヤーに当選したのだ。

つまり、レポートを書いて提出する義務がある。提出しないのは契約不履行だ。

だが、レポートを書くにはゲームをしてみないといけない。

「仕方がない」

私は箱からゲーム機本体を取り出し、テレビにセッティングしていった。

ウォルト・ディズニーも言っていたではないか。好奇心はきっと私に新しい道を与えてくれる。

最近成績も伸び悩んでいたからちょうどいい。

『アナザーキー』という名前のゲームディスクを挿入した。

とてもクオリティーの高いオープニングが始まる。

椅子に座っていたら、テレビを見下ろす形になるので、私は両親の持っていた本の中から分厚い本を数冊選んでそれを椅子替わりにした。

そこに座り、ゲームを開始する。

本名を入力し、ボーナス選択画面に移行した。

さまざまなボーナスがあったが、どれがいいのか全く見当がつかない。

そもそも、ゲームをするのなんて五年ぶりだ。

「あ、これがいい」

受験生の心を揺さぶるボーナス項目を見つけて、それにチェックを入れる。

全てのボーナスポイントを使ったのに、効果は全くわからない。

まぁ、使えないボーナスなら最初からやりなおしたらいいか。

せめて、どんなボーナスかわかるようにしてくれたらいいのに。よし、レポートに書いておこう。

【ゲームを開始します。準備はいいですか?】

もちろん答えは【はい】だ。

迷わず選択する。

【ようこそ、『アナザーキー』の世界へ。あなたを今から異世界『アナザーキー』に転送いたします】

メッセージが流れると、次の瞬間そのメッセージはもう消えていた。

そして、私が気がついたとき――そこは――。


私は忘れていた。

ウォルト・ディズニーの名言ではなく、私はもうひとつ、好奇心に関した諺《ことわざ》を思い出すべきだった。

好奇心は猫をも殺す。

＊・＊・＊・＊・＊・＊・＊・＊・＊・＊・＊・＊・＊・＊・＊・＊

目が覚めると私は自室にいた。

不覚にも眠ってしまったらしい。

あの夢は現実にあったことだ、六年も昔のことだ。

ゲームを開始した直後、私はこの世界に流れ着いた。椅子にしていた本とともに。

日本での知識と椅子替わりにしていた書物計四冊のうちの二冊は化学の本と薬学の本だった。

それらはこの世界ではチートと呼んでいい物だ。

多くの知識を小出しし、私は研究所での一定の地位を得た。

その知識のせいで教会に恨みをかったが、教皇が結核におかされたとき、私は薬学の本の知識を使い、教皇を救ってみせた。

結果、教会との軋轢はなくなり、私の地位は上がった。

今日は火薬を使ってバリスタを強化。

なんとドラゴンを討伐することに成功した。

でも、まだまだ改良の余地はある。

「マリア所長、よろしいでしょうか？」

男の声が聞こえた。門番の騎士のものだ。名前は覚えていない。

それにしても、欧米風の人間に名前を呼ばれても全く違和感のない名前ね。

この世界に来るまでは自分の名前はあまり好きではなかったが、こっちの世界に来てからは感謝している。

「マリア様に面会を望むものが――」

「今日は誰とも会う気はないわ」

「それが、流浪の民であると申しておりまして」

流浪の民。この世界における日本人の別称だ。

だが、彼らは自分が日本人であることを覚えていない。

どこから来たのかわからないから流浪の民なのだ。

最初は多くの流浪の民の中には自分と同じ過ちを犯した人間がいるのかと思ったが、全員が記憶を失っていた。

もう諦めた。

「流浪の民はもう必要ないわよ」

私はそう言うと、研究を再開した。

受験勉強みたいに強いられてする勉強とは異なり、こちらの研究はとても面白い。

魔法技術という独自の文化と、私の知る科学技術の融合だ。

成果は次々に上がっている。

「捗《はかど》っているな、マリア」

また来客だ。だが、今度は無下に断ることはできない。

入ってきたのはこの国の王だったから。いや、なんかものすごい髭をつけているが変装のつもりだろうか？

「陛下、どのような御用で？」

「うむ、ワシの知人が主に会いたいと言っておっての」

「それは、もしかして流浪の民の？」

「おぉ、わかっておるなら話が早い」

「お断りします」

私はもう流浪の民とは会いたくない。自分の失敗を認めたくないから。

自分の孤独を知りたくないから。

「そこをなんとか、約束してしまったんじゃ」

「勝手なことを――」

ここはいつもの言い訳でいくしかない。

「じゃあ、その人に言ってください。一角ネズミが落とすといわれている、火炎耐性を大幅に上げる防具の材料を持ってきてください」

「それはもしや、レジェンドアイテムの――」

「それでしかお会いできません」

そう陛下に言った。最近使う、面会を断る手段だ。

私がこういうときは本当にいやなときだと知っている陛下はそのまま下がってくれた。

本来、こんな態度をとれば打ち首は覚悟しないといけないが、陛下は優しい性格であり、わがままを言っているのは自分も同じだと理解できる方なので、私もつい甘えてしまっていた。

陛下が帰っていった。

さて、また研究をするか。

だが、研究は捗らない。わずか数分後に陛下が戻ってきた。

「マリア、驚け、なんとワシの知人は例のものを持っていたぞ」

「え？　そんな……本当なのですか？」

「ああ、確認した。だから一緒に参れ」

「この目で見るまで信用できません」

「ははは、主ならそう言うだろうと思った。だが、こう言えば必ず主はついてくる」

必ずついてくる？

私は本当は例のアイテムに全く興味がない。

いや、科学者としては調べてみたいとは思うが。

「わしは知らない姫の名じゃがな」

「知らない……姫？」
それは直感だった。もしかしたら、その流浪の民は正解にたどり着いたのではないか？
「ふむ……そのものは申しておった」
私が欲したアイテムは、
ランニングドラゴンが落とす「龍の首の珠」。
巨大貝が落とす「燕《つばめ》の子安貝」。
シャーマンゴブリンが落とす「仏の御石の鉢」。
ゴールデンツリーが落とす「蓬萊《ほうらい》の玉の枝」。
一角ネズミが落とす「火鼠《ひねずみ》の皮衣」。
日本においても伝説の秘宝といわれたもの。
その秘宝全てが出てくる物語がある。
日本で最古の物語ともいわれている。
「かぐや姫……と」
間違いない。
陛下の言葉に、私の希望が確信に変わった。
私と同じ、過ちを犯した日本人がそこにいる。

火鼠の皮衣のカードを見ながら、俺はレストランで待っていた。

コーヒーが出てきたが、日本にいたときに飲んだコーヒーとは似ても似つかぬもので、まずくはないんだが、変な感じだった。

大麦コーヒーと呼ばれているらしい。

「本当にマリア様は来るんでしょうか？」

「ああ、間違いない」

無理難題なお題に加え、秘宝のレパートリー。

俺も自分が持っている火鼠の皮衣のカードを見なかったら絶対に気づかなかった。

それと、かぐや姫の映画を見てよかった。

「ジ〇リ様々だな」

「それは誰なの？」

「ん？　夢と希望を与えてくれる人さ」

人じゃないけどね。映画とかこの世界にはなさそうだし、説明してもわかってもらえないだろう。

彼女はすぐに訪れた。

「呆れた、この世界でまだジャージなんて着てるの？」

現れた女性は二〇歳を少し過ぎたくらいのお姉さんだった。

もっと年上かと思ったが。

肩のところで整えられた黒髪の美人が、白衣を着てやってきた。

「あ、思い出した。あなたたち、さっき飛竜に襲われてた旅人でしょ？」

「あなたが……マリア様ですか？」

「マリアでいいわ……言っておくけど本名よ。きらきらネームってやつね。あと敬語もできるだけやめて」

　そうなのか？　と内心驚いたが、それ以上に、わざわざ本名だと念押しをするということは、やはりそうなのか。

「マリアもこっちの世界に来る前の記憶があるのか？」

　俺とマリアの会話に、ミーナとサーシャが首をかしげる。

　マリアはふたりを見て尋ねた。

「彼女たちは？」

「私たちは――」

「仲間だ」

　ミーナにかぶせるように俺が言う。

「ま、ややこしくなるからそういうことにしておくわ」

　サーシャがそう言った。助かる、日本人の感覚でいえば美少女ふたりを奴隷にしてるなんて、最低人間の烙印《らくいん》を押されても仕方がない。

「こっちの世界の？」

　俺は黙って頷く。

「へぇ……」

マリアは俺のまわりを一周回り、背中にあるジャージの破れた部分を見た。

一応繕ってはいるが、見る人が見れば、獣の爪に切り裂かれたことはわかるだろう。

「あなたも苦労してるようね」

「確かに、死にそうな思いばかりだよ」

「でしょうね」

マリアはとてもうれしそうだ。

歩きながら話は進む。

「この世界に来たのはいつ？」

「三日前だ」

俺の問いに、マリアは呆れと驚きとが混じった目で見てきた。

「三日前？　ということはあなた、ゲームをもらって六日間放っておいたの？」

マリアが呆れた口調で尋ねた。

やっぱり地球での一日が、こっちでは一年なのか。

「ねぇ、教えて。向こうではどうなってた？　ニュースとかで騒がれてなかったかしら？」

「連日報道されているってラジオで言ってた」

「なのにあなたはこのゲームをしたの？　ほんと、好奇心は猫をも殺すのね」

「いや、ニュースを聞いたのがちょうどゲームを始めたときで、タイミングが悪かったんだ」

そうこうしているうちに、俺たちは彼女の研究所にやってきた。

「お疲れ様」

マリアが騎士にそう言い、俺たちを研究所の中に招き入れる。

研究所の中は、まるで理科室のような部屋だった。

テーブルの真ん中にアルコールランプが置いてあり、部屋の棚の中には多くの薬品が置かれている。

黒板が置いてあり、しかも上下に動くようになっているようだ。

照明はできるだけ外の光を取り入れるように工夫されている。

「まるで理科室みたいでしょ？　特別に発注したのよ」

そう言うとマリアは俺とミーナ、サーシャの間に割って入り、

「ここからは流浪の民に関してのふたりでの話になるから、待っててね」

「すぐに戻るよ」

俺がそう言うと、ふたりは頷いて了承してくれた。

二階が彼女の部屋だった。椅子に髭面のおっちゃんが座っていた。

「おっちゃん、ありがとう。おかげでマリアさんと話ができそうだ」

「おっちゃ……そう、あなたの前ではそうなのね。じゃあ、おじさん、待っててくださいね」

あなたの前では？　普段は違うのか？

「うむ、わしの役割はこれで終わりのようじゃな。では、一階で美女とお茶でもしようか」

そう言っておっちゃんが去っていく。

「いいおっちゃんだよな」

「ええ、そこは否定しないわ」

マリアはそう言うと「適当なところに座って」という。

適当なところって、椅子はマリアが座っている椅子しかないんだけど。

俺は仕方なく、床に座ることにした。

「あなた、名前は？」

「スメラギ・タクトだ」

「へぇ、あなたもなかなかの名前ね。じゃあタクトくんって呼ばせてもらうわ」

「なぁ、俺たちはなんで向こうの世界の記憶を持ってるんだろうな」

「それはボーナス選択を間違えたからでしょ、私も、タクトくんも」

「間違えた？」

「記憶継承。一〇〇ポイント全部使う禁断のボーナス。それを使ったから、私もあなたも日本での記憶を継承してしまったのよ」

マリアはとても辛そうに言う。

「だから、私もあなたもゲームをろくに楽しむことができない悲惨な異世界生活を送ることになったのよ」

そうか、効果が不明だった記憶継承のボーナス特典。

確かに、全てのポイントを意味不明なものに使う人なんてあまりいないかもしれない。ていうか、俺でもたぶんしない。

せめてその効果がわかったら使ったかもしれないが。

「他のボーナス特典を手に入れた人は気楽なものよ。瞬間移動を使って交易をしたり、スキル変更技能を使って神官になったり、知ってる？　経験値二倍ボーナスを持ってる人なんてどこのパーティーからも引っ張りだこなのよ」

　そんなことをして儲けている人がいたのか。

　経験値二倍ってパーティー全体にも効果があるのかな。

　ただ、流浪の民という言葉が世界に広まるには十分だろう。

「その点、私が持っているのは日本の記憶だけ。下手に記憶を持ってるから異世界での生活が辛い。日本の便利な生活が恋しい。お母さんとお父さん、離れて暮らしていたけどお姉ちゃんにももう一度会いたい。受験勉強で苦しんでもいい、私は日本に戻りたい」

　マリアはしょぼくれたように呟く。

　こっちの世界に来たときは俺と同じくらいの年だったんじゃないだろうか？

　六年間、記憶を共有できる人もいない時間としては長すぎる。

「……マリア」

「ま、いいわ。とりあえず、タクトくんのことはお姉さんに任せておきなさい。これでもお給金いっぱいもらってるのよ」

「いや、生活はいいんだ。幸い金を稼ぐ手段はあるし」

「もしかしてヒモ？　タクトくん、顔は悪くはないけど、女の子のヒモなんてダメよ」

　あぁ、まぁ、マリアは聞く限りでは悪い人ではなさそうだし、元の世界に帰るために協力は必要だろう。

　俺はほぼ全てを打ち明ける覚悟をした。

「そうじゃなくて、俺さ、チートコードを使ってボーナス特典ほぼ全部手に入れたんだよ」

「全部⁉」

俺は兄貴がゲーム会社の人間であることを除いてマリアに語った。

ある筋からチートコードを手に入れたこと。ボーナス特典を大量に手に入れたこと。だから、お金にはあまり不自由しそうにないこと。兄もおそらくこの世界にいること。

全てを語り終えたとき、マリアは肩を震わせていた。

もしかしたら怒っているのかもしれない。彼女との会話で聞きとれたのは、他のボーナス特典を持っている日本人への妬みだった。

しばし待つと、マリアが口を開く。

「残念だけど、そのお兄さんの名前は聞いたことがないわね……。もちろん、偽名を使ってる流浪の民なんてごまんといるから私の会った人の中にあなたのお兄さんがいなかったという保証はないんだけどね。むしろ、本名の人のほうが少ないような気がするわ。それにしても、チートコードね……」

マリアは考えるように俯《うつむ》き、

「ねぇ、それは誰かに話した？」

「いや、誰にも……」

ミーナとサーシャには少しばれている気がするが、詳しい事情を話すのははじめてだ。

「そう……、絶対それは誰にも言ったらダメよ」

「ああ、確かにやばいよな」

瞬間移動ができて経験値六四倍でカード化、カード収納が使える。

利用の仕方を間違えればひとつの国を滅ぼすこともできるかもしれない。

「そうじゃない。私の取り分がなくなったら困るでしょ！」

――え？

疑問に思う暇はなかった。

マリアは急に立ち上がると、扉を上げて、階段の下に向かって叫んだ。

「サーシャ、ミーナ、来なさい！　早く！　タクトくんが大変なの！」

「どうしたんですか⁉」「なんだ⁉」

突然なんのことかわからないままもサーシャとミーナが二階に上がってくる。

ふたりが階段の真ん中まで来たとき、

「それと、おじさん！　私、宮廷魔術師やめるから、陛下に伝えておいて！」

「な、そんなことが許されると思ってるのか！」

髭面のおっちゃんがどなりつける。

おっちゃんが怒るのも無理はない。

おっちゃんが陛下に伝言なんてできるわけがない。

「スメラギさん、無事ですか！」「タクト、どうしたんだ！」

そう言って入ってきたふたりの腕をマリアが左腕で抱え込み、右手で俺の手を掴んで言った。

「タクトくん、飛んで！　場所は王都の外！　瞬間移動、早く！」

「待て、マリア！　待たぬか！」

「待ったわ、六年も。月からも地球からの迎えは来なかったけど、私を理想のゲームの世界につれていってくれる人を見つけたんだから！」

「え、なんで？」

「はやく瞬間移動して！　ゲームを楽しむわよ。六年、ううん、高校受験のときからずっと我慢してきたんだから！」

　俺は気づいてしまった。

受験とボーナス特典のミス。それらでずっと我慢していたのだ。

本来、マリアは超がつくほどのゲーマーだったのだ。

「私の冒険はこれからよ！」

マリア、性格変わってないか!?

ていうか、その台詞、なんか打ち切りみたいだからやめてくれー。

俺はいろいろつっ込みたい衝動にかられながら、

「今週の目標はダンジョン一〇か所制覇！　今月の目標は魔王討伐！」

「いや、無理だろ！　くそっ、どうにでもなれ！　瞬間移動！」

魔法を唱え、俺たち三人は、わずか三時間で王都を出るはめになってしまった。

＊　＊　＊

「息子からの手紙にあったが、勇者様が来るからには盛大に迎えないとな。

ミーナちゃんとサーシャちゃんも前に一度会ったが、美人に成長してるらしいし、楽しみだ」

カード買取所・王都本店。

ミルの町のカード買取店の店主の父親は、タクト、ミーナ、サーシャの三人が来店するのを今か今かと待ちかまえていた。

三人がすでに王都を去ったなど、つゆほどにも思わず。

第五話
はじめてのダンジョン

王都から北東に三〇〇キロメートル。

そこに、古い井戸があった。民家も何もない場所だが、なぜか井戸だけがあった。

古い井戸だ。滑車も何もない。水を汲むはずの桶《おけ》もロープもない。

そもそも、底には水がない？

「この下にダンジョンがあるのか？」

「ええ、難易度は低いわ。修業場として数十年前までは多くの冒険者が訪れたそうだけどね、三年前にここに来る途中にある吊り橋が落ちてしまって、さらに王都の南東三キロメートルの森の中に別のダンジョンが見つかってからは誰も来なくなったそうなの」

「なんで森の中のダンジョンにいかないんだ？」

「完全予約制、ホブゴブリン一匹狩るのに三時間待ち、そんなダンジョンにいきたい？」

「……いきたくないな」

どこのネズミのテーマパークだよ、それ。

入場制限もかかっているんじゃないか？

「その点、こっちはタクトくんの瞬間移動があれば一瞬だったでしょ」

俺たちは王都から脱出後、マリアの案内により瞬間移動を繰り返してこの井戸までやってきた。ミルの町から王都にいくときは瞬間移動を誰かに見られたらまずいと思って使うことのない移動法だったが、流浪の民が三人、瞬間移動を持っていることを大々的に宣伝しているとマリアが告げたので、大丈夫だろうという判断だった。

魔物は地上にも多くいるが、魔力のたまりやすい迷宮では魔物の数はその比ではないため、冒険者や戦士など戦うスキルを鍛える者は迷宮へ向かうという。

「でも、よかったのか？　勝手に所長をやめて、怒られるんじゃないか？」

「給金分の成果は十分に残したわよ。それでも怒るようなら、知識を小出しに研究所に送るわ。旅で得た知識だと言ったら、私の旅を許してくれるわよ。ところで、お願いがあるんだけど、この本、カード化できるかしら？」

「あぁ……薬学書に化学の本か」

「ええ、日本製よ。持ってきたのはいいけど重いのよ」

「わかった、〝カード化〟」

唱えると、書物はみるみる縮んでいき、二枚のカードに変わった。

薬学書の本か、教皇を治した薬を作って奇跡のマリアと呼ばれたらしいが、これを読んで薬を作ったのかもしれない。

「いつ見ても便利だな、タクトのカードは。これで魔物をカード化したら大儲けできるんじゃないか？」

「そうか、その手段があったな。フワットラビットとか王都ではペットとして人気があるんだろ？」

日本でも愛玩動物が数十万円から数百万円で売っている。金に余裕がある貴族なら、かわいい魔物をひたすらカード化して売れば大儲けできるかもしれない。

「無理よ。カード化できるのは物と自分のペットだけ。野生の魔物はカード化できないわ。あと大きすぎるものもカード化できないみたい」

「そうなのか？」

「ええ、ボーナス特典については研究したもの。余計に悔しい思いをしたけどね」

流浪の民について研究していたマリア。それは自分と同じ日本の記憶を持つ者を探すだけではなく、そんな研究もしていたのか。

井戸の脇に金具の輪っかがついていたので、マリアの用意していた荒縄を括《くく》りつけ、井戸の中に下ろす。

「俺が先にいって様子を見てくる」

「気をつけてください、スメラギさん」

腰にある短剣を確認し、俺はゆっくりと下りていく。

暗視スキルが役に立つ。

井戸はそれほど深くはなく、五メートルほど下りると、底に着いた。井戸の底から七〇センチくらいの高さに、人ひとりがぎりぎり通れるくらいの穴が空いており、そこから淡い光がもれている。こんな穴が迷宮の入口なのか。想像していた迷宮のイメージとはだいぶかけ離れているが、下手に穴を広げようとすると、井戸全体が崩れるかもしれないから手を加えるのはやめたほうがいいだろう。

索敵スキルによると、その穴の奥から魔物の気配がする。あまり強い敵ではないようだ。どうやら、ここが迷宮の入口なのだろう。

「大丈夫だ、ここには敵はいない！　迷宮の入口らしいものもある！」

俺がそう叫ぶと、上から真っ黒な影が降ってきた。

「冒険、レベル上げ、ふふふ、楽しみ」

興奮しながら下りてくるマリアはまた本性が出てる。

ていうか、興奮していて俺がいることを忘れているのか、無防備すぎる。

スカートからのびたきれいな太ももが荒縄を挟み込み、体を揺らしながら下りてくる。

動くたびに、胸が揺れ、そして紺のスカートの下からは男にとって未知の領域となる神秘が
——。

思わず見とれそうになったが、俺は我に返り視線を落とした。

その後に続くのはミーナ。おそるおそる慎重に下りてくる。

彼女もスカートだが、その下に黒いタイツをはいているので問題はない——はずなのに。

タイツは彼女の足からまっすぐスカートの中まで包み込み、下着はおろか素肌すら全く見えない。なのに、タイツは彼女の足のシルエットを完全に照らし出していた。

暗視の力ってすごすぎる。

「男の子って、やっぱりタイツでもスカートの中を見たら興奮するものなの?」

「……はい、自分でもそんなフェチがあると思っていませんでしたが」

またもや視線をずらして地面の小石を数える俺に、マリアは呆れた口調で言った。

最後に下りてきたのはサーシャだ。

壁を蹴って大きく身体全体を揺らしながら下りてくる。三人の中で一番早く底までたどり着いた彼女は、

「タクト、どうだった？　私の揺れる胸は」

「ああ、よかったんじゃないでしょうか？」

「……え、なに？　そのつれない態度？　いつものタクトらしくない」

と言われても、先に見たふたりの衝撃がすごすぎた。

下りるのに疲れたミーナは困ったように井戸の入口を見上げ、

「帰りはここを登るんですか？」

「いえ、帰りは瞬間移動を使うわ。そのほうが楽でしょ？」

「なるほど、理にはかなっているが……」

サーシャは気づいたように言った。

「それなら、瞬間移動で井戸の底にいったらよかったんじゃないの？　底は見えていたでしょ？」

あ、そうでした。

マリアが手際よく荒縄を用意していたからつい忘れていた。

「でも、瞬間移動が使えるかな、使えない場所なら困るんだが」

瞬間移動には、いざというときに使えなかった苦い思い出がある。

「え？　瞬間移動は戦闘中以外ならどこでも使えるはずよ」

「戦闘中は使えないのか？」

「ええ、逃走スキルを上げたら、弱い敵相手なら使えるって聞いたけど、基本、戦闘中は使えないらしいわよ。瞬間移動を使える流浪の民が言ってたから間違いないわ」

そうか、今まで瞬間移動が使えなかったのはそういう理由だったのか。考えてみればそうだ。戦闘を問答無用で離脱できるような魔法は確かにチートすぎるな。

盗賊のときはすぐ近くまで盗賊が戦闘態勢で迫ってきていたから使えなかった。飛竜のときも同じ理由だろう。

「この迷宮の魔物は全部雑魚だから危険なことはないわ」

「あの……」

「ああ、索敵スキルで確認したが脅威になるような気配は感じないな」

「あの……」

「いるのは、ジェリーとコウバットよ。スライムと蝙蝠《こうもり》の魔物ね。あとレアモンスターでスチールジェリーが出るわ」

「スチールジェリー、まるでメタルスラ○ムみたいだな」

「あの……」

「スチールジェリーか、倒すと多くの経験値がもらえると聞いたな」

「あの……そろそろ入りませんか？」

ミーナが言った。

「狭いです……」

「あ、そうだな」

迷宮の入口とはいえ井戸の底には変わりない。四人がそこにいたらまるで満員電車の中だ。

本当はもうちょっとここにいたい願望もあったんだけど。

「じゃあ、俺から入るな」

狭い穴だ。

俺の身長だとかがんで入るので精一杯という感じだ。

まぁ、女の子は三人ともスタイルがいいから大丈夫だろう。

迷宮に入ると、そこは思ったより明るかった。暗視がいらないくらいだ。

左右に通路が伸びており、淡い光が通路に広がっている。

「ん……胸がひっかかるわね」

後ろからそんな声が聞こえた。

ふりむくと、マリアが穴から上半身だけを出している。

「タクトくん、引っ張って」

「あ、ああ、わかった」

俺がマリアの腕を引っ張ると、ようやくマリアは穴から抜けだせた。

抜けだした勢いで、俺が倒れてしまい、彼女がその上に乗りかかる。

顔の上にやわらかい何かがのっかっており、
なんだ、これ――もしかしてこれが天国か？

「ごめん、大丈夫？」

「え、ええ、大丈夫です」

恥ずかしそうにマリアが謝り、俺は心の中で感謝した。

「すまない、タクト、私も引っ張ってくれ。やはり胸がひっかかる」

次はサーシャがひっかかっていた。迷宮ということで妹よりも先に安全の確認をしたかったのだろう。

俺はサーシャの手を引っ張った。まさか、天国に再びいくことになるとはこのときは思いませんでした。

最後にミーナが穴から出てくる。

前のふたりとは違って、すんなりと迷宮に入った彼女は自分の胸のあたりを軽くこすり、まるで仁王像のような形相で立っていた。

「………………いきますよ、三人とも!!」

「「「はい！　ボス！」」」

盗賊の頭や巨竜の比ではない覇気を纏った彼女の言葉に、俺たち三人は敬礼していた。

一体何を怒っているのか、俺は全くわからなかった。

迷宮。

入るたびに形が変わるとか宝物が落ちているとか階段を下りるたびに魔物が強くなるとか、外に出るとレベルが1に戻ってしまうとか、そういうイメージを持っている。

ゲームのやりすぎか。

だが、マリアの言う話だとここには魔物が出るらしい。

俺の索敵スキルでもよくわかる。

「迷宮の中って明るいんですね」

ミーナが通路を見て言う。

俺もそう思っていた。サーシャがそれに答える。

「魔力鉱のおかげね。話には聞いてたけどさ」

「その通りよ、魔力鉱は魔力を放つ鉱石って思われがちだけど、正確には魔力を集めやすい鉱石なの。集まった魔力は鉱石に一度蓄えられて発散。そのときに出る光で魔力鉱の多い場所はいつも明るいの」

「へぇ、便利だな。家の中の照明とかに使えそうだな」

「魔力は集まれば魔物に生まれ変わるのよ。寝ているときに魔物に襲われてもいいなら使えばいいわ」

そりゃ怖い。

だが、わかった。ここが迷宮と呼ばれる所以《ゆえん》が。

つまり、魔力鉱がこのあたりで死んだ魔物たちの魔力を集めるから迷宮になったというわけか。

「だから、人気の多い迷宮って意外とその周りには魔物が少ないのよ」

逆に誰も近づかない迷宮なら、迷宮から魔物が這《は》いだしてしまうためその限りではないとマリアは付け加えた。

「迷宮に入ったんだから前にこれをつけなさい」

　マリアが出してきたのは四つの指輪だった。赤い宝石の指輪がひとつと青い宝石の指輪が三つ。

「どの指でもいいわ。大きすぎるってことはないはずよ」

「なんの指輪なんだ？」

「繋《つな》がりの指輪、冒険者がパーティーを組むときにつけるの。赤い指輪がリーダーの証よ。タクトくんがつけて」

「わかった」

　言われた通り、指輪を左手の小指にはめた。マリアも自分の左手中指にはめる。

　次にミーナが指輪をはめたとき、サーシャの声が困ったと声を上げた。

「暗くてよく見えないな。タクトお願いがあるんだが」

「ん、なんだ？」

「すまんが私の指に指輪をはめてくれないか？　この指に」

　そう言って、サーシャは俺に指輪を渡す。

　それほど迷宮は暗くないと思うんだが、まぁいいや。

　俺は言われた通り、指輪をサーシャの左手の指に入れた。

「スメラギさん！　私も、私もお願いします！」

「え、でもミーナ、さっき自分の指にはめてなかったっけ？」

「いえ、あそこはぶかぶかで、私もこの指にお願いします」

　ミーナがそう言って指輪を俺に渡した。

一体、なんなんだ？

疑問に思いながら、指輪をサーシャと同じ指にはめた。

「私もはめてもらおうかな」

マリアが少しすねたようにひとりごちていた。

一体なんなんだ？

自分の左手薬指にはめられた指輪を満足そうに眺めているふたりの心境は、俺には全く理解のできないものだった。

「とにかく、これで私たちはパーティーになったわけ」

「パーティーになるといいことがあるのか？」

「まず、基本的なことで言うと補助魔法の恩恵だとか、範囲回復魔法だとか」

「どっちも使えないいんだが」

「そのうち覚えればいいわ。あと、ボーナス特典の経験値ＵＰなども共有できるの。それと、スキル変更も可能よ。私のスキルを確認してみて」

スキル変更と念じる。

すると、脳裏にマリアのスキルが浮かび上がった。

【錬金32・薬剤29・設計23・狙撃15】

すごい、どれも高レベルだし、俺が持っていないスキルばかりだ。

「錬金は合金などを作る技能、薬剤は薬を使った調合、設計はいろんな器材を作ったときに覚えたわ。どれも器用さと知力が上がるスキルだけど別にいらないから三つとも外してちょうだい。

スキル確認技能だけだと無理なことなんだけど、スキル変更技能があればスキルを選択したら装着していないサブスキルが現れるはずだから、そこから外して」

「もったいないな……」

言われて外す。マリアが持っていてた戦闘スキルは、

【投擲１・拳１・獣戦闘１・竜戦闘１】

の四種類だった。

「竜戦闘ってあるぞ」

「え？　本当？　お昼に飛竜を倒したときに覚えたのかしら」

「あ、飛竜を倒したのはマリアだったのか？」

そうか、バリスタを撃ったのはマリアだったか。

兵器の開発とかもしていたのか。

「スキル空けておけばよかったのにな。それなら一気にレベル３くらいまで上がりそうだが」

「無理よ、スキル簡易取得を持っているあなたにはわからないかもしれないけど、スキルは取得したら、特定の場所でしか装着できないの」

そうなのか？　てっきり空きスキルがあったら覚えた順番から勝手に入っていくものだと思っていた。実際、俺はそうだったのだが、それもボーナス特典の恩恵だったのか。

「そうでないと、一五歳になるまでスキルをつけてはいけないという法律が成り立ちません」

俺の疑問にミーナが追加で説明してくれた。

続けてスキルを見ていく。値切りや商売といった生活スキルがレベル1でいろいろとある。

その中で、俺はそれを見つけてしまった。

「なぁ、この【殺人料理1】ってスキルはなんなんだ？」

見るからに危ないスキルだが、戦闘用なのだろうか？

包丁を装備して、魔物を切り裂いて料理をするスキル……とか。

でも、殺人って明らかに対ヒトを意識しているスキルだよな？

「え？　き、気にしないでちょうだい」

マリアは挙動不審な様子で言った。

気にするなって言われても気になるんだけどな。

するとミーナとサーニャが神妙な顔になり、ひそひそと会話を始めた。

「さ……殺人料理ってあの？」

「竜ですら一撃で倒すという伝説のスキルだろ？　まさか本当に使える人がいたなんて」

恐ろしいことを聞いた気がする。

そこは深く考えないほうがいいだろう。でも、絶対にマリアには料理をさせない、俺はそう心に強く誓った。

あれ？　そういえば、

「パーティーにならないとサブスキルの確認はできないし、スキルの変更ができないって言ってましたけど」

「そりゃそうよ。戦闘中に相手のスキルを全部外すなんてチートにもほどがあるでしょ」

「いや、そうなんですが、俺、指輪をはめる前からミーナとサーシャのサブスキル確認できましたよ」

「馬車の中でですよね」

「あぁ、タクトが私の胸を見て興奮していたときか」

もう忘れてください。

「そんなはずはないんだけど……あなたたち、他に何か契約を結んでない？　養子縁組とか婚約とか」

「してるわけないでしょ」

と言ったが、気がついた。

あれだ。まずい、マリアになんて説明をしたらいいか。

「そうか、私とミーナはタクトの奴隷だからか」

サーシャ！　空気を読んでください！

「うそ、タクトくん、ボーナス特典にかこつけてそんなことしてたの⁉」

蔑《さげす》んだ眼で見てくるマリアに一から説明し、誤解を解くのに時間がかかった。

もう迷宮探索前からくたくただ。

「よし、じゃあ気を取り直して、ミーナとサーシャ、ふたりは鳥戦闘と無形戦闘のスキルは持ってる？」

ふたりは首を横に振る。

すると、マリアは俺にふたりのスキルのうち武器スキルを残してふたつの空きを作るように言った。
ミーナは【短剣1・接客13・空き・空き】
サーシャは【片手剣15・空き・空き・索敵4】
妖艶を外してしまった。少し悔やまれる。
俺も一応空きを作っておこう。
「じゃあ、ふたりはこれを使ってくれ」
俺は帯刀していた百獣の牙と、カード化していたシミターをふたりに渡す。
そして、俺はカードを具現化して、破邪の斧を取りだした。
そのときだった。
気配がこちらに近づいてきた。
俺たちに気づいたようだ。
蝙蝠のような魔物。
「コウバットか」
よし、ここは俺の出番だ。
斧ははじめて使うが、見た目ほど重い感じはしない。
いくぞ！
そう思ったとき、迷宮内に銃声が響いた。
撃たれた、とか反射的に思ってしまったが、俺の身体に痛みはない。
その代わり、目の前にいたコウバットの腹に小さな穴があいていた。

コウバットは地面に落下し、魔力を散らして消えていく。

カードが三枚残った。

「……マリアさん？　それは？」

「作ったの。それより、私のスキル、確認してもらえるかしら？」

マリアのスキルを確認。

【銃３・鳥戦闘２・空き・狙撃15】

となっている。俺のスキル簡易取得が有効になっているらしく、最初からスキルは装着されていた。

「えっと、鳥戦闘スキルと、銃スキルを覚えているみたいです」

あと、蝙蝠は戦闘では鳥扱いらしい。哺乳類なのに鳥なのか。

「本当？　よかった、予想は間違ってなかったみたいね」

「予想って、蝙蝠のくせに鳥扱いされているってこと？　そんなことより、どういうことですか？　なんで、マリアさん、あなた、拳銃なんて所持してるんですか？」

「蝙蝠が鳥扱いされているのは前から知っていたわよ。ちなみに、ペンギンのような魔物もいるけど、あれらは獣扱いされているわよ」

「それより、拳銃拳銃」

マリアが持っていたのは拳銃だった。銃口から煙が上がっており、銃弾は迷宮の壁に食い込んでいた。

「だから作ったのよ。研究所で、火薬の研究をしてね。何千発も撃ったし、モーズも見張り台から撃ち殺したのに、全然銃のスキルが覚えられないから、私の仮説が間違っていたのかなとか思ったけど」

「仮説?」

「この世界のシステムが、現代日本のシステムを持っているっていうことよ」

「どういうことです?」

「長いから話は後にするわ。それより、あとのふたりのスキルも確認してあげて」

「わかりました」と言いながら、俺は内心ではかなり焦っていた。

マリアの仮説も気になる。だが、それだけではない。

なぜならミーナとサーシャが「すごい……こんな武器はじめて見ました」「奇跡のマリア、私は本当の奇跡をこの目で見たよ」と尊敬の眼差しでマリアのことを見ていたからだ。

そりゃ、確かにあの銃はすごい。物理系の武器が剣や弓の時代に、拳銃なんてチートだ。

俺の気分は長篠の戦で鉄砲に敗れる武田信玄の気分だ。

いいところ全部マリアにもっていかれた。

このままだと俺って、ただ便利なだけの男じゃないか?

自分の小指にはまった赤い指輪、これが青になる日がすぐそこまで来ているのかもしれない。

そんな焦りをかかえながら俺はふたりのスキルを確認した。


⚜・⚜・⚜・⚜・⚜・⚜・⚜・⚜・⚜・⚜・⚜・⚜・⚜・⚜・⚜・⚜・⚜・⚜・

『『『『ぴぎゃぁぁぁぁ』』』』

幾重にも重なる断末魔が迷宮に響き渡る。

部屋に入ったとき、俺たちはジェリーの群れにでくわした。それらがひとつになって合体したときは、ド○クエシリーズに登場するスライムを思い出し、キ○グスライムにでもなったのかと思った。

マリア曰《いわ》く、核の数が変わっていないからくっついただけだとのことらしい。

ただ、数が数なだけに銃では対応できないと言われたので、俺がファイヤーウォールを連呼したらジェリースライムは全てカードと化した。

「魔法って本当は一度使ったらクールタイムが必要なのよ……本当にチートね」

マリアが言い、マリアの説明にミーナ、サーシャが感嘆の声を上げる。

よかった、俺の尊厳も少しは取り戻せたらしい。

ドラゴンに対してもファイヤーボールを三連続放つことができたが、そうか、そういえばあったな。

ボーナス特典のひとつ【トリプル魔法】。

三連続までは使えるらしい。

それと、ファイヤーウォールに対する疲労は少しだけあるが、一発撃って疲れた一昨日と違い、だいぶ楽になっている。

スキルレベルが上がった恩恵だろう。

「あ、またありました、レアアイテムです」

ジェリーが落とすアイテムは三種類。
・ジェリーゼリー［通常アイテム］
・ジェリーの粘液［通常アイテム］
・ジェリーの核［レアアイテム］
ジェリーゼリーは子供のおやつ、ジェリー粘液は接着剤などに使われ、高くはないが売りすぎても値崩れのすることのないアイテムだという。

ジェリーの核は珍味として有名だという。マリアも食べたことがあり、イクラのような食感らしい。ただ、貴重品のため食べるのは貴族くらいだそうだ。

魔物の時のジェリーの核は大きいが、具現化したらそれは小さくなり、数も多くなる。見た目もイクラに近い。味もそうだが、食べると肌がつるつるになるということで貴婦人の間では美人薬として親しまれている。

「ジェリーの核は一枚三〇〇〇ドルグ。それが――」

サーシャは今日拾ったカードを見てため息をついた。

「もう二四枚、七万二〇〇〇ドルグ……はは、私の月収の三倍はあるよ」

「それだけじゃないわ、コウバットのレアアイテムもあるわよ」

コウバットの落とすアイテムも三種類。
・コウモリの牙［通常アイテム］
・コウモリの翼［通常アイテム］
・コウモリ傘［レアアイテム］……⁇

コウモリ傘を見たときの俺の複雑な表情を見て、マリアはため息をついた。

「言いたいことはわかるわ。私もこれを見たときはおかしいと思ったもの。でも、貴族の間では一種のステータスなのよ。コウモリ傘って名前だけど、真っ黒な傘じゃないのよ。基本は黒だけど柄はカードを具現化するまでわからなくて、全て一点もので人気があるの」

コウモリ傘は一枚一万ドルグ。ジェリーの核よりは数が少ないが、それでも七枚はある。

「タクトくん、お願い」

「わかった」

マリアがこう言ったときは、俺にスキルを確認してほしい合図だ。

「今ので無形戦闘レベルが12に上がってる」

「本当？　やった……」

マリアはとてもうれしそうだ。

「なぁ、マリア、その銃があればひとりでも戦闘ができたんじゃないのか？」

「できたけど、悔しいじゃない。他のみんなって、経験値二倍とかで私よりも断然に強くなったりしてるのに、ひとりだけ普通にレベル上げなんて。どんな縛りプレイって話よ。こっちから頭を下げてそんなずるい連中のパーティーになんて入りたくないわ」

「俺はいいのか？　絶対俺のほうがチートだと思うが」

「まぁ、そこは利用させてもらいたいっていうか、他の流浪の民を見返したいっていうか」

そういうものだろうか？

と思っていたら、

「かぐや姫って、本当に頼まれた財宝を持ってきてくれる人がいたらどうしたと思う？」

「あれって自分のことを知りもしないのに求婚してくる相手が鬱陶しいから絶対に叶えられないものを要求したって話だろ？」

「でも、自分のために本当に伝説の秘宝を持ってきてくれた人がいたら、それって運命だと思うのよね」

「運命だと思って冒険に出るふんぎりがついたということか」

俺がそう言うと、マリアは「そういうことにしておくわ」と微笑した。百点の回答ではなかったらしいが、他の回答は俺にはわからなかった。

その後も俺たちは迷宮の探索を続けた。

ある程度迷宮を進んだころには、サーシャがシミターで蝙蝠の翼だけを切り倒しとどめをミーナがさして、ミーナが短剣レベルを上げるというズル技を思いついた。武器スキルは倒した人しか経験値がもらえないからな。

マリアは銃の弾がもったいないと、銃身でジェリーを殴り倒せるくらいに銃のレベルが上がった。銃身で殴り倒して銃レベルが上がるっていうのはどうなのか。

あと、そんな戦い方をして銃が暴発しないか心配だ。

「ふぅ、このあたりもあらかた探索は終わったわ」

「うん、最初は怖かったけど」

サーシャが汗を拭い、ミーナは持っていたナイフを鞘に戻した。

ふたりも、無形戦闘レベルは11と12、鳥戦闘レベルは10にまで上がっている。

「こんなに早く強くなれたのは驚きだけどさ、一番驚いたのは、タクトが私たちを迷宮に連れてきたことだね」

サーシャが言う。ミーナも同じことを思っていたようだ。

確かに、以前の俺なら宿屋で待っていてほしいとか言ったかもしれない。

「悪い、俺はまだ弱いからな」

「え？　何言ってるんですか？　スメラギさんは弱くないですよ、さっきだって魔法でジェリーを」

「盗賊頭に対しても俺は死にかけた。ミーナを守れないところだった。飛竜相手に俺は何もできなかった」

「俺は弱いから、三人をどこまで守ってやれるかわからない。怖いんだよ」

「だから迷宮に連れてきた？　矛盾してない？」

サーシャが尋ねる。

「いや、もっとひどいことを言う。今の俺は三人を守れない。だから、三人には自分を守るだけの力をできるだけ身につけてほしい」

ミーナとサーシャは、もしも俺と別れたとき、盗賊に襲われても自分で対処できるくらいに強くなってほしい。

マリアもそうだ。

「三人を成長させる力が俺にはあるんだから」

「そりゃひどいわ。男なら、『自分の好きな女は自分で守る』くらい言ってほしいってもんよ」

「そうですよ、私だって怖いんですから、できればスメラギさんには強気でいてほしいです」

「確かに、そんなセリフを言う王子様なんてどの物語でも見たことがないわ」

幻滅といった感じで三人は俺を見つめてきたあと、

「でも、まぁ私は守られてるだけの女ってのはどうも嫌いでね」

「私もスメラギさんの力になれるのなら喜んでついていきます」

「私を守りたい対象と思っていることは高く評価してあげるわ」

と笑って応えてくれた。

あぁ、最低で結構、この笑顔があるのなら、俺は必ず身につけてみせるさ。

大切なものを全部守ってみせる力をな。

「逆に私がタクトを守ってやるさ」

「はい、私も短剣の扱いには慣れてきましたし、今ならこのあたりの魔物は全部倒せそうです」

「銃の弾はまだまだあるから安心しなさい」

女が強すぎるのも困った気がするが。

苦笑していると、マリアが何かに気づいたようで、銃を構えた。

「タクトくん、後ろ！　いるわよ」

「え？」

索敵スキルは通常に作動しているはずだ。

なのに気配は感じない……だが、マリアの言う通り、そいつはそこにいた。

「スチール……ジェリー」

普通の半透明のジェリーと違い、全身鉄色の金属で覆われているようなジェリー。核が見えない。

「どいて！」

マリアの叫びで俺は横に避《よ》けた。

マリアの拳銃が火を噴く。

が――。

「弾かれたっ⁉」

命中したはずの弾丸はスチールジェリーに当たるとその向きを変え、天井へと跳弾が飛んでいく。

「ならば、これはどうだ！　ファイヤーボール！」

俺が作りだした火炎球はスチールジェリーを飲み込む。が、全く無傷だ。

「スチールジェリーには魔法は通じない！　常識でしょ」

「そんなドラ○エ常識をこっちの世界にも持ち込むなっ！」

そう叫んだとき、スチールジェリーが俺にめがけて体当たりをする。

回避しようとしたが、間に合わない。

「いたっ……くない？」

「この迷宮には危ない魔物はいないと言ったでしょ。攻撃力は大したことはないわ！　逃げられる前に倒すわよ」

「私に任せな！」

サーシャがスチールジェリーに対してシミターを振るう。

が、スチールジェリーにまともなダメージが入ったとは思えない。

スチールジェリーはぷるぷると身体を震わせた後、一度身を引き、大きく跳躍した。

「きゃぁっ！」

ミーナのほうめがけて飛んでいく。痛くない、そう聞いていただろうがミーナはその恐怖に目を閉じ、持っていた短剣を大きく振るった。

『ぴきぃぃぃ』

振るわれた短剣がスチールジェリーの表面をこする……そう、こすっただけのはずなのに。

スチールジェリーはか細い声を上げて、その場に落ちてカードに変わった。

「え？　倒したの？」

「そうだ、やったな、ミーナ！」

おそらくミーナが攻撃したあたりに、ちょうど急所があったのだろう。

俺は気になることがあって、ミーナに対してスキル技能を確認する。

「あれ……うそだろ？」

「どうした？」

サーシャが尋ねる。

「ミーナの短剣レベルなんだが……」

「私の短剣レベルがどうしたんですか？」

「39になってる……」

レベル40で天才レベル。

もっと詳しく言えば、世界一を競えるレベルともいわれている。

そこまでもう一歩。

あと、四人とも無形戦闘レベルも30まで上がっていた。

スチールジェリー……恐るべし。

「スチールジェリーはとてもレアな魔物だし、すぐに逃げるから討伐しただけでも名誉なことなのよ……一年迷宮に潜って一匹見つけることができるかどうか、倒せるかどうかはまた別の話って聞いたわ。このあたりはボーナス特典関係なく私たちの運がよかったわね」

ボーナス特典にはレア魔物遭遇率UPというものは存在しない。

マリアの言う通り、本当に運がよかったということか。

カードが四枚落ちていた。

一枚拾ってみる。一〇〇万ドルグのカードだった。ユニコーンの角一本分か。

他にも狂鉄という素材カードがあった。

「タクトくん、こっちはスチール銀だったわ。銃弾の材料にしたいからもらっていいかしら？」

「あぁ、好きにしてくれ」

マリアがカードを拾ってそう言った。

スチール銀……鋼なのか銀なのかわからない素材だな。

「ねぇ、タクト！　このカード見てみなよ」

スチールジェリーの落としたカードの最後の一枚をサーシャが持ってきた。

それを俺とマリアが覗き込む。

「なぁ、これって俺の見間違いじゃなければ――」

「そうね、ゲーマー憧れの逸品といっても過言じゃないわ」

そう、スチールジェリーが落としたカードは、伝説の金属と呼ばれるアイテムの名前と絵が描かれていた。

「オリハルコン……こんな簡単に手に入るなんて」

多くのゲームの中で伝説の武器の材料になるといわれる素材だ。

チートすぎるにもほどがある。

俺はこの日ほど自分のボーナス特典に驚いたことはなかった。


❖・❖・❖・❖・❖・❖・❖・❖・❖・❖・❖・❖・❖・❖・❖・❖

井戸の迷宮からさらに北西に二〇〇キロメートル。

海辺の町、コモル。

瞬間移動の連続でそこにたどり着いたときには昼だった。

井戸の迷宮から抜け出したときはもう朝靄《あさもや》に包まれていた。徹夜でレベリングをしていたらしい。

ミルの町に戻って教会に泊めてもらおうと言ったが、ミーナが神父様たちにあまり迷惑をかけるのも悪いからと断った。

王都に戻って宿をとろうと言ったがそこはマリアが拒否した。

俺たちはとりあえず軽い朝食（マリアの用意していたパンとジェリーゼリー）を食べ、交代で仮眠をとり、そこから七回の瞬間移動でこの港町までやってくることができた。

当然王都よりは狭いが、ミルの町よりは大きな港町だ。

潮風の香りがする。

ミルの町や王都と違い、壁に囲われていることはなかった。

町から西に三キロメートルのところにも迷宮があって、そこも結構有名な狩場のため、地上にはほとんど魔物がいないのがその理由だとマリアが語った。

「コモルは東の大陸から北の大陸への定期船のある唯一の町よ。治安もいいし、海もきれいな長閑《のどか》なところって聞いたわ」

「へぇ、港町か。ところで、北の大陸ってどんなところなんだ？」

「そうね、エルフとドワーフの対立する谷があったり、魔法学園があったりするらしいわ」

「魔法学園か……一度いってみたいな」

もしかしたら、伝説の魔法についてもわかるかもしれないし、俺の世界についての書物もあるかもしれない。

しばらく歩くと、海が見えてきた。埠頭《ふとう》には大きな帆船が泊まっている。

他にも小さな船がいくつか見える、漁船だろうか？

はじめて見る大きな船にミーナとサーシャが感嘆の声を上げて微笑《ほほえ》む。

「いってみたいのはいいけど、ひとつだけ注意が必要よ。瞬間移動の魔法は基本、同じ大陸の中でしか使えないの」

「そうなのか？」

「うん、原因はわからないけど、距離とかの問題じゃなくて、大陸間の魔法移動はできないようなのよ。

大陸と大陸の間に特殊な結界があるのか、それとも大陸によって異なる微妙な魔法の力場の差が影響しているのかはわからないけどね」

マリアが瞬間移動の新たな弱点について説明を加えた。

そうか、新しい大陸にいくことがあったら注意しないといけないな。

当分、別の大陸に渡る予定はないけど、兄貴の手がかりが別の大陸にあるというのなら、そのときは渡る予定だ。

ただ、そうなったらミーナたちは気軽にミルの町に帰れなくなるのか。

「とりあえず宿にいきましょ」

宿屋は町によって建てる場所に傾向があるが、大体の場所は見当がつくとミーナが言った。

ミーナに任せて進むと、本当にその場所を知っていたかのように宿にたどり着く。

さすがは宿屋経営者といったところか。冠に〝元〟とつけないといけないのが忍びないくらいだ。

入るとすぐに受付があった。

「うん、掃除の手入れは行き届いていますし、値段設定も良心的ですね。でも、水が少し高い気がします」

「あはは、手厳しいね。でも、ここは港町だからね、このあたりを掘っても塩水しか出ないから、井戸が遠いのさ」

「あ、すみません、つい」

五〇歳くらいの男主人が笑いながら現れて、ミーナは恥ずかしそうに頭を下げる。

代わって、サーシャが店主に尋ねた。

「マスター、部屋空いてるかい？」

「四人かい？」

「うん」

「二部屋に分けていいなら用意できるよ」

二部屋？

俺はもしかして、と尋ねた。

「それって一人部屋と三人部屋？」

「いんや、二人部屋ふたつさ」

そうですよね。

「じゃ、それでいいや。私がタクトと一緒の部屋でいいから」

「ちょっと、お姉ちゃんはいびきがうるさいから、スメラギさんとは私が――」

「ここは姉妹仲良くひとつの部屋にいなさい」

「いいや、私とタクトとは切っては切れない契約で結ばれてるんだ」

「それって奴隷契約のことでしょ」

あぁ、わかっていた。

みんないい子たちだから、自分が犠牲になると譲り合ってくれている。

でも、やっぱり恥ずかしいよな。女の子と同じ部屋なんて。

話し合いでは決着がつかなかったらしく、今度はじゃんけんを始めた。

宿屋のおっちゃんも呆れ顔だ。

「よし、私の勝ち、タクト、よろしくね」

「あぁ、お手やわらかに頼むよ」

結果、サーシャが犠牲になったようだ。

「うぅ……あのときチョキを出していれば」

「じゃんけんなんて確率論でしかない。うん、これは運命とは関係ない」

ふたりが悔しそうに、俺と同じ部屋になりたかったと装ってくれている。

本当にいい子たちだ。

「あ、あと自分で料理をしたいんですが、厨房《ちゅうぼう》って貸してもらえますか？」

「今は夕食付きの客の料理をしているが、もうすぐ空くよ。使用料は一〇ドルグだが、いいかい？」

「はい。あ、あと薪の値段も教えてください」

ミーナはそう言い、いろいろと交渉していく。

「スメラギさん、食材のカードの中で食べたいお肉があったら出してください。私が料理しますから。あ、スキルも料理知識と料理技能に付け替えてください」

「お、助かるよ。これとこれを焼いて……あ、これで足りない食材を買ってきてくれ」

俺はミーナのスキルを変更すると、昨日の朝、モーズから手に入れたハラミとカルビのカード、そして一〇〇ドルグのカード一〇枚を彼女に渡した。

「え？　こんなに？」

「いや、ジェリー一匹一〇〇ドルグだから、一〇匹分と思ったら少ないと思うけど」

「料理の材料だけなんで一枚でもおつりが出るんですが」

「いいじゃん、ミーナ、残ったもので好きなの買えば。もちろん私にもくれるんだよね、タクト」

「あ、ああ」

同じく一〇〇ドルグカードを一〇枚サーシャに渡し……、

「わ……私にも……ううん、お金は自分のがあるからいいわ」

「え？　あ、そうか。マリアは自分の取り分取ったほうがいいんじゃないか？　いくら給金があったからっていっても、今は対等なパートナーなんだし」

「パートナー？　うん、あなたのことだから意味は考えてないとは思うけど、そうね。あとで取り分についても話しましょ」

三人はそれぞれ目的があるらしく、そそくさと宿をあとにする。

「まぁいいや。とりあえず、俺は目的のものがあるし。本当は王都で買いたかったんだけどな」

「あの……先に勘定をいただいてもよろしいでしょうか？」

「あ……」

宿のおっちゃんが困ったように言った。

すみません、忘れてました。

俺は頭をかきながら、会計を済ませた。


港町ということで、町を歩くと魚が市場に並んでいた。

だが、問題があり、

「全部カードで売ってるんだな」

さまざまな魚のカードに、イカのカード。エビのカードに貝のカード。本当に全部カードなんだな。

代わりに、野菜や果物は現物で売っている。

「お、リンゴだ。この世界にもあったんだ」

赤い木の実。禁断の果実。食べたらかしこくならないかな。

「買うかい？　一個三〇ドルグだよ」

「ああ、一個くれ」

店にいたおっちゃんに一〇〇ドルグカードを渡す。銅貨を七枚返してくれた。

新鮮そうなリンゴをそのままかぶりつく。

甘みよりも酸味のほうが強いが、まぁまぁの味で、やっぱりリンゴの味がした。

「うまいだろ、北の大陸から届いた産地直送品だよ。王都でもめったにお目にかかれない品物さ」

「そうなのか？」

「カード化した魔物の肉と違って穀物や野菜、特に果物は日持ちしないからね」

「あぁ、なるほどな」

確かに、果物や野菜を落とした魔物は見たことがないな。

植物系の魔物なら落とすのだろうか？

「ねぇ、おっちゃん、欲しいものがあるんだけど、売ってる場所知らない？」

「ん？　どんなのが欲しいんだい？」

俺は目的のアイテムを告げた。


宿に戻ると、すでに食事は用意されていた。

ミーナが、

「カルビ肉とピーマンとキャベツの炒め物です。お口に合うかどうか」

と料理を差し出してくれた。

「いや、うれしいよ。何より、ごはんがあるっていうのがうれしい」

そう、今日はおかずもうまそうだが、主食がごはんなのだ。

「よかった、マリアさんが教えてくれたんです。スメラギさんならきっとこのほうがいいって」

「うん、でもよく炊けたな、米って炊くの大変じゃなかったか？」

「お母さんに教えてもらったことがあるんです。パンよりもごはんが好きな冒険者がいて、中にはお米を持ち込む冒険者がいるから、絶対必要だって」

「そっか、料理の得意なお母さんだったんだな」

俺はカルビの炒め物とごはんをスプーンとフォークで食べた。

ごはんは国産米とまではいかないが、それでもおいしい。この世界に来る前も食パンばかり食べていたから余計においしく感じる。やっぱり日本人なんだよな。

肉にも塩胡椒がふんだんに使われていて、カルビはやわらかく、カルビから出た肉汁がキャベツとピーマンにからんでうまい。

あと、用意してくれたのは卵とワカメのスープだ。そういえば卵もカード状態で売ってたな。なんの卵かは考えないでおこう。鶏卵とは限るまい。

「お、できてるね」

「おいしそう、お米なんて久しぶりだわ」

サーシャとマリアが帰ってきた。

マリア、俺のためじゃなくて自分が食べたかったんじゃないのか？

「王都だとここの一〇倍の値段になるのよ、お米って。詐欺だと思わない？」

一〇倍は確かにすごいな。瞬間移動を持っている流浪の民が大儲けできるのも納得だ。

「でも、給金は十分にもらってたんだろ？」

「もらってたけど、そのせいでごはんを提供している店がないのよ」

「それぐらい自分で用意すれば……いや、無理か」

マリアのスキルを思い出した。

殺人料理。

魔竜でも倒すとかにわかには信じがたい料理スキルの持ち主であるマリアに米を炊けというのは無理な話か。

「ふたりは何を買ってきたんだ？」

「ん？　ふふふ、秘密」

サーシャが不敵な笑みを浮かべる。

「私は本よ」

マリアは普通に答えた。やっぱり研究所をやめたとはいえ研究は重ねているということか。

「タクトくんは何を買ったの？」

「俺は魔法書だ。これで新しい魔法を覚えられるよ」

そう、俺が買ったのは魔法書三冊。

八百屋のおっちゃんに教えてもらった店で購入した。

結構な値がしたが、それでもやはり覚えておくことに越したことはない。

ちなみに、三冊とは雷の魔法書、氷の魔法書、光の魔法書だ。

「あれ？　タクトくんって炎の魔法使いじゃなかったかしら？」

「あと回復魔法も使えるよ」

「どうして？」

あれ？　もしかしてマリアは気づいていないのか？

俺には魔法全属性取得可能ボーナス特典が備わっている。

「……あ、あの絶対に取れそうにないボーナス……あれって一二〇ポイントだったっけ」

「そうだ」

「六年も前のことだから忘れてたわ」

そうか、流浪の民は基本一〇〇ポイントまでのボーナス特典しかないから、マリアも思い出せなかったのか。

話を聞いていたミーナとサーシャは何のことかわからずに……

「ときどき、タクトって私たちの知らない話題でマリアと盛り上がるよね……」

「……ずるいです、マリアさん」

とか呟いている。

「ま、さっき名前は書いたし、魔法の名前も覚えたから、あとは実践あるのみだよ」

スキルを確認したら、魔法技能のレベルが15まで上がっていた。一人前と玄人《くろうと》の間といったところか。

各魔法の属性レベルを上げたら、自ずと他の魔法の威力も上がるだろう。

「ねぇ、タクト、お願いがあるんだけどさ」

「ん？　なんだ？　言ってみてくれ」

「……ううん、なんでもない」

俺はこのとき気づくべきだった。

サーシャの様子がいつもと違うことに。

その後、店主にお湯を桶に三杯用意してもらい、サーシャにはミーナとマリアの部屋にいってもらい、俺はひとりで身体を拭いた。

途中でミーナが「お背中拭きましょうか？」と入ってきたのには驚いた、トランクスを脱ぐ前で本当によかった。

そのあと、俺はトランクスを脱ぎ、買ってきた絹の服を纏う。

ジャージは持ち出して、宿のマスターに洗濯を三〇ドルグで頼んだ。

それをミーナに話したら、「頼んでくださったら私がしましたのに」と怒られた。いや、トランクスとかミーナに洗ってもらうのは抵抗があるというか。

部屋に戻ってきたサーシャとはとりとめのない会話をしただけで、蠟燭の火がなくなったので寝ることにした。

寝るときや部屋を空けるときは窓を閉めるようにと店主に言われた。潮風が部屋の中に入ると掃除が大変だという。

そんなことを忘れて窓を開けて寝ていた。

遠くから聞こえる波の音が気持ちいい。

「タクト……」

サーシャの声がした。

閉じていたまぶたをゆっくりと開いた。

そこには、パンツ以外何もつけていないサーシャが、右手で胸だけを隠して立っていた。

月明かりだけが照らす彼女の姿がとても幻想的で、一枚の絵にしたいくらいで……

……夢……じゃない……よな。

何をしてるんだ、と声をかけようにも、俺は声が出なかった。

今にも泣きだしそうな彼女にかけていい言葉が見つからなかった。

遠くから聞こえる海の音だけが、静寂を打ち消していた。


目が覚めると友達と思っていた美少女が裸でベッドの横にいました。

と言われたら、俺は必ずこう言うだろう。

「それ、なんてエロゲー？」

もちろん、俺は一七歳、成人指定のゲームなど買ったことはない。

いや、うそです、一度買いました。ごめんなさい、許してください。

そこの人、「通報しました」って、どこかの巨大掲示板のテンプレみたいなこと言わないでください。

話を元に戻そう。

つまり裸の美女が目の前にいた。

据え膳食わぬは男の恥、なんて昔の人は言った。

俺はごくりと生唾を飲み込む。

だが――泣いている好きな女の子の弱みにつけ込んで据え膳を食うのは男ではない。

「サーシャ……何があったか話してくれないか?」

そう言うと、彼女の右の頬に涙が流れた。

「……私……もう自信なくしちゃったよ」

「……座ろうか」

俺は彼女を自分のベッドに座らせ、上から布団をかぶせる。

「私、お父さんとお母さんが死んだときにね、ふたりの墓前に誓ったの。ミーナは絶対に私が守るからって。だから、ミーナが宿屋で働けるようになったら、自警団に入ったの」

ため息をついて、彼女は窓の外を見上げる。

きれいな三日月がそこにはあった。

「でも……ダメだった」

サーシャは言う。

「宿は燃えちゃって、私は盗賊に捕まって、変態男の奴隷になって」

「おい、変態男って俺のことか」

「ははは。でもそいつがすごいいいやつで、しかもすごい能力を持っててさ」

自嘲気味にサーシャは言葉を紡いだ。

「奴隷になったときにさ、こうなったらあんたのこと利用してやろうと思ったんだ。ミーナを守るための力を手に入れようって」

「……マリアもそう言ってたよ。俺の力を利用したいって」

「でも、今度はミーナが私よりも強くなって」

短剣レベル39になったことだ。

ミーナはもう十分に強い。もしかしたら、もう、あのときの盗賊を相手にしても負けることはないかもしれない。

「そのうえ、ミーナは料理も得意で家事もそつなくこなせるし、私に似てかわいいし、胸はちょっと足りないけどさ。そしたらさ――」

今度はサーシャの左の頬にも涙が流れ、

「そしたら、ふと思っちゃったんだよね。ミーナには私はもう必要ないんじゃないかって。私の価値はもうないんじゃないかって」

「だからってなんで裸に」

「必要と……してほしかったの。あんたに……タクトに……」

「そんな、俺は……」

「でも、ダメね。女としての魅力もないみたいだし」

「そんなことは――」

「そんなことはないって言える⁉ じゃあどうして私を抱いてくれないの？ 女としての魅力がないからでしょ！ それとも紳士のつもり？ あんたのその優しさが、今は辛いの。ねぇ、タクト、だから――」

彼女はその続きを言わなかった。

俺が、俺の両腕が彼女を包み込んだから。

「タクト……」

目を閉じるサーシャに俺は声をかける。

「今のサーシャは好きじゃない」

俺は言った。

彼女が辛そうに目を細める。

「俺の抱きたいサーシャは、俺が好きなサーシャは、元気なお姉さんのサーシャだからさ」

盗賊から助けたときにサーシャにかけた言葉を、俺は同じ思いで告げた。

「そんなの、私、なれないよ」

「なればいい。俺の能力を利用すればいい。だから、服を着ろ。すぐに出る」

「え？　どこに？」

「夜ってさ、秘密の特訓にはもってこいだと思わないか？」

俺はにっと彼女に笑いかけた。


⚜・⚜・⚜・⚜・⚜・⚜・⚜・⚜・⚜・⚜・⚜・⚜・⚜・⚜・⚜・⚜・⚜・⚜・

「あぁ、身体を動かしたらすっきりしたわ」

「だろ？」

「うん。あぁ、本当に私って単純な性格ね」

最後のコウバットが姿を消し、カードが残る。

俺たちは井戸の迷宮の中にいた。

迷宮を去るとき、俺はレベル21にまで上がった索敵のスキルの力で隠し部屋の奥にいるであろう大量の魔物の気配に気づいていた。

みんなに教えようかとも思ったが、疲れていたのもあり、そのまま瞬間移動で脱出していた。

その隠し部屋の前にふたりでやってきたというわけだ。

隠し部屋のコウバットを殲滅《せんめつ》し、今度は少し離れたところにいる魔物を狩り、またコウバットのいる隠し部屋を発見して殲滅。

ははは、蝙蝠傘が大量だ。

俺は、自分の小指につけられた赤い宝石の指輪を見て、マリアから聞いたことをサーシャに伝える。

「この指輪ってさ、あまり離れていると経験値の分配がないらしいぞ」

「そっか、ちょっとはミーナに追いついたかな」

「まだまだだと思うけどな、少しずつ追いついて、ミーナが困ったら助けてやろうな」

「そうだね。ミーナはいい子だけど恋愛には奥手だから相談にも乗ってやらないとね」

ミーナに好きな人ができたら……か、やばいな、想像したら泣きそうだ。

もちろん、サーシャも好きな人ができたらいやだな。

これって、あれかな、娘を嫁にやる父親の気持ちなのかな。

違うか、ネトラレってやつか？

今回の戦いで、ついでに、俺も覚えたばかりの魔法のスキルがだいぶ上がった。

壁によりかかり、俺とサーシャは座り込んだ。

「そろそろ戻るか。少しは寝ないと朝がきついぞ」

「タクト、私は今、元気なお姉さんに見えるか？」

「そうだな、俺の好きなサーシャだ」

「なら、私のことを抱ける？」

「え？」

サーシャは妖艶な笑みでその顔を俺に近づけ――。

ミルの町の宿屋ではじめて会ったときみたいに頬に口づけをした。

「よく考えたら私のはじめてをタクトなんかにあげるのなんてもったいないわ」

「『なんか』はないだろ、『なんか』は」

「あはは、じゃあ帰ろうか」

「そうだな、みんなにばれないうちに」

俺は瞬間移動を唱えて戻る。

みんなの場所に。


「ありがとうね」


瞬間移動で景色が変わっているとき、サーシャがそう言った。

一緒に来てよかった。

少ない時間にはなったが、気持ちよく眠れそうな気がする。

＊　＊　＊

部屋に帰ると、すでに朝日が昇りかけていた。

その光に照らされていたのは――。

「おかえりなさい、お姉ちゃん、スメラギさん。朝帰り？　どこにいってたの？」

「タクトくん、お姉さんは未成年者の不純異性交遊を認めた覚えはないわよ」

鎮座している、顔は笑っているがその目は絶対に笑っていない仲間を見て、俺たちは悟った。

まともに眠れるとは思わないほうがいいだろうと。

窓は開けっ放しになっていた。

これは眠れそうにないな。

緊張で、さっきまで出ていた欠伸《あくび》が喉の奥へと引っ込んだ。

第六話
日常の中の釣りと狩り

ANOTHER KEY

- Game Start
- Continue
- Game Setting
- END

コモルの町に滞在して一週間が過ぎた。

朝から夕方までは迷宮にいき、スキルを鍛え、夜に戻るのを繰り返す日々。

正直、持っているカードの数やドルグに関しては把握できないほどになっていた。

ちなみに、部屋は三人が交代で俺の部屋にやってくる状態。サーシャと一緒の部屋になったときは秘密の修業を隠れて行っている。

現在は三回連続、ミーナとマリアに見つかり怒られているがふたりとももう諦めてくれている様子だ。

今日は昼間で迷宮探索を終え、休憩にしようと俺が提案した。

三人とも二つ返事で了承してくれた。

正直、寝不足な日々が続いており、今日は昼から寝ようと思っていたのだが――。

「釣り?」


ミーナに突然釣りに誘われた。

「はい、釣りです」

「釣り……ってあの、とても興味深い動画のタイトルを見ていたら、突如変な動画が流れるっていう?」

「え?」

「すみません、冗談です。釣り乙です」

「え？」

「うん、釣りにいきたいの？」

「はい」

満面の笑みで答えるミーナ。うん、やっぱりかわいい。

そうか、釣りか。

久しぶりに海の主でも釣り上げてみるか。

もちろん、以前に釣り上げたのはゲームの中での話だけど。

「じゃあ、いってみるか」

「はい」

ただ寝るだけよりも釣りでもしたほうが気分的にリラックスできるかもしれないな。

少なくとも、一週間不眠不休でゲームをするよりかは健康的だ。

そういう休みも悪くない。

「ミーナも短剣レベル40か……あ、料理スキルふたつとも外すぞ」

釣りのスキルを入手できるようになるだろうから、ミーナのスキルを外しておく。

「はい、お願いします……そうですね、私もレベル40の短剣使いになれるなんて思っていませんでした」

釣り具屋の場所は、以前買い物をしたときに知っていた。ミーナも同様みたいで、俺たちは迷うことなく釣り具屋にたどり着く。

釣り具一式を買い揃え、釣りの権利を購入。

釣りの権利がないのに釣りをしているのがばれたら「漁業ギルドの下位組織の漁業組合の屈強な男たちから袋叩きにあう」という素晴らしい特典があるらしいと店主が教えてくれたので素直に購入した。

そして、それらを持って俺とミーナは埠頭《ふとう》に向かった。

先客がいたようで、何人かが釣り糸をたらしている。

「なぁ、釣りってさ、釣れるのも当然魔物なんだよな?」

「そうですよ」

「それって危なくないのか?」

「大丈夫です、ほとんどの魚の魔物は釣り上げて陸に上がると力のほとんどを失って死んでしまいます」

「あぁ、なんとなくわかる。完全に安全ってことはなさそうだけど、まぁ大丈夫か」

凶暴なサメが陸に上がった姿を想像していた俺は少し安心した。

「そのかわり、陸に上がった魚を倒しても、魚戦闘スキルが覚えられることはないそうですし、取得ドルグもほとんどないそうです」

「あぁ、条件によって取得経験値や取得金額が変わるのか……。でもまぁ、趣味だと思えば悪くないだろう」

俺たちが釣りを始めようかと思っていたら、先客の大きな帽子をかぶっている体つきの細い四〇歳くらいの男がこちらを向き、

「君たち、釣りははじめてか?」と話しかけてきた。

「はい」

「釣りの権利は持ってるかね？」

「はい、釣り具屋で買いました」

「なら結構、最近は密漁を行う輩が多くてね。自分たちは魔物狩りをしているのだから全く悪くないとか言って。まぁ、そんなことを言ったやつらも、今では従順なものさ」

一体何があったんですか？　いえ、知りたくないです。何も言わないでください。

「釣りはいいよ。嫌なことを全て忘れられる」

「はぁ……お隣よろしいですか？」

「ははは、もちろんだ、僕の反対側でやってくれたまえ」

当然のように断られた。

まぁ、そっちのほうがすいてるし、ちょうどいいや。

「じゃあ、始めましょうか」

「そうだな」

【釣りスキルを覚えた】

【釣り：魚を釣るとレベルが上がる。レベルが上がると釣り技能大ＵＰ】

メッセージが浮かび上がる。

飛竜に襲われたときにナビゲーション機能をオフにしていたが、レベルが上がりにくくなった一昨日から、ナビゲーションをオンにしていた。

ミーナも同じように釣りスキルを覚えたと思う。

「いいか？　釣りは焦ってはダメだ」

俺らが釣りを始めたとき、おっちゃんが声をかけてくる。

「釣りの全ては辛抱だ。半年も釣りをしたら釣りスキルを手に入れられる」

「そうですね、頑張ります」

もう覚えました、なんて言っても信じてもらえないだろうな。

しばらくすると、ミーナの浮きが沈んだ。

「スメラギさん、来ました！」

「慌ててはダメだ。これは全ての武術に通ずるものがあってね、釣り上げるタイミングをマスターできるものがいるとすれば、何かの武術においてレベル40になった天才くらいなものだろう」

「あ、釣れました」

ミーナがいとも簡単に釣り上げる。

「ビ、ビギナーズラックだね。すばらしいよ。うん。それはソードフィッシュと呼ばれている。とても固いから陸上で絶命するのを待って――」

「えい」

ミーナがかわいい声で百獣の牙を振り下ろした。

ソードフィッシュは絶命し、カード五枚に変わる。

【魚戦闘スキルを覚えた。釣りレベルが上がった】

【魚戦闘スキル：魚を倒すとレベルが上がる。レベルが上がると物理攻撃力が少し、魚系の魔

物への攻撃力が大きく上がる】

あ、覚えられないと聞いていたけど、しっかりと魚戦闘スキルが手に入っている。

「サンマのカード……秋刀魚か。確かにソードフィッシュだな」

塩焼きにして食べたらうまそうだが、醤油《しょうゆ》かポン酢は売っているだろうか？

マリアならそのあたりは詳しいかもしれない。

ちなみに、魚のカードの場合、「サンマ」のカードなら食材、「ソードフィッシュ」のカードなら魔物と区別される。サンマのカードは具現化した場合、新鮮なサンマのカードが現れるらしい。原理は全くわからない。

「そんな簡単に？　カードが……五枚？　そんな、私でも一度に出たカードは二枚だけだというのに」

「ははは、偶然ですよ、偶然」

俺はそう言って、冷や汗を拭った。やりにくいなぁ。

しばらくして、今度は俺の釣り竿の浮きが沈んだ。

「よし、来た！」

俺は立ち上がり、竿を強く握る。

「タイミングだ、タイミングだぞ、坊主！　まぁ、ビギナーズラックはそう簡単に続くとは思えないが」

「よっと」

俺は釣竿を勢いよく上げると、そこにはウツボのような魔物がかかっていた。

陸に上がると釣り糸に絡みつき、こちらに牙を向けてくる。

弱っている様子がまるでない。

俺が釣り上げた魚を見て、おっちゃんは叫んだ。

「な、そいつはまさか、三年ぶりに現れたか！　坊主、そいつは海のギャングという魔物だ！　気をつけろ、そいつは物理防御力が高く、そのうえ、陸に上がってもすぐには死なない。さらに猛毒を持っていて、雷魔法使いでないと倒すのがやっかいな」

「そうか、雷魔法なら倒せるのか。じゃあ〝サンダーポイント〟！」

雷の下級魔法を放つ。

虚空から雷が出てきて、海のギャングの脳天一か所に直撃、絶命してカードになった。

【釣りレベルが上がった。釣りレベルが上がった。釣りレベルが上がった。魚戦闘レベルが上がった。魚戦闘レベルが上がった】

三年ぶりに釣れた魚だからか、経験値も高かったらしい。雷魔法のレベルは上がらなかった。

落ちたカードを集めていると、思っていたのとは違うカードがそこにあった。

「お、ウツボと思ったらウナギじゃないか。好物なんだよ」

ウナギのカードが四枚、そして五〇〇ドルグのカードが落ちていた。

ミーナに頼んで白焼きにしてもらおうかな。

「……雷の魔法使い……しかも、またカードが五枚出てるし……」

「あ、ええ、偶然ですよ偶然」

「そうか……偶然ね……そうだよね、偶然だよね」

おっちゃんはまるで悟りを開いた僧侶のような目になって自分の釣りを再開した。

「おっと、ほら、私も来たようだよ……あはは……まぁ、あはは、このくらい朝飯前だよ」

おっちゃんが釣り上げたのは一匹の青いカメだった。

陸に上がると今にもおっちゃんに噛みつこうとしてゆっくり歩き出す。

「こいつは固くて陸に上がっても弱らないから、俺たち釣り人の間ではハズレと呼ばれているんだけど、ソードフィッシュほどじゃないから嬢ちゃんの短剣なら倒せるだろ？　やってくれないか？」

「いいんですか？」

「ああ、頼むよ。こいつを倒したときに稀に手に入るスッポンってのが絶品でね、まぁ、基本は亀の甲羅しか手に入らないんだけどさ」

「はい、わかりました」

スッポンと亀は別の種類だと思うんだが。少なくともスッポンの甲羅は硬くはない。

ミーナがおっちゃんに言われた通り百獣の牙を振り下ろすと、亀はいとも簡単に絶命した。

「あははは、本当に簡単に絶命しやがった。本当に、すごいや……あははは、しかも今度はカードが七枚も出やがった」

おっさんはやけくそ気味に笑った。

「あ、よかったですね、スッポン出ましたよ」

四枚のカードはおっちゃんの言う通り亀の甲羅だった。

そして、一枚はおっちゃんの望んでいたスッポンのカード。

一枚は二〇ドルグだ。

「いや、それより、嬢ちゃん、それは？」

「あ、虹鼈甲《にじべっこう》のカードですね。ブローチに加工して奥さんにプレゼントなさってはどうですか？」

「それ……ロトドロップだってわかってるのか？　俺は生まれてから一度も見たことがないぞ……売ればそうだな、一〇〇万ドルグにはなるぞ！」

「そうなんですか？　おじさん、運がいいんですね」

「運？　そう？　運？　そうだよね、あはは、こりゃ仲間に一生自慢できるや。ははは……あははは」

おっちゃんはそう言って大笑いした。

何かふっきれたようだ。

⁂

その日の晩、俺たちは宿に帰っておっちゃんからもらったスッポンを食べていた。

「スッポン鍋なんて食べるのはじめてだわ。お肌がつるつるになるかしら」

マリアがうれしそうに言う。今でも十分肌はつるつるのように思えるが、この中で一番年上であることを気にしているのだろうか？

スッポンはコラーゲンが豊富だからな。スッポンの血をマリアに勧められたが丁重にお断りした。

「それにしてもあんたたちも水臭いねぇ、私たちも誘ってくれたら一緒にいったのに」

「いいでしょ？　お姉ちゃんだっていっつもスメラギさんと一緒に夜に出かけてるじゃない」

そう言われたら、サーシャはもう文句を言うことができない。

「スメラギさん、また釣りにいきましょうね」

「あ、ああ」

俺はひきつった笑みを浮かべた。

今度釣りをするときは誰もいないときがいい、そう心から思った。

後に伝説の釣り師と呼ばれる男ザルマーク。

彼は二〇年後、釣りスキルを極め、幻と言われていたビッグシードラゴンを齢六〇にして釣り上げたことでその名を世界中に知られることになる。

だが、彼はその釣果をもっても、

「私はまだ……彼女たちには遠く及ばない。私の心の師匠には」

と言って、周囲を驚かせた。

彼の胸には幻の素材――虹鼈甲で作られたペンダントが輝いていたという。

ミーナと釣りをした一週間後。

俺は太陽の匂いに包まれながらベッドの中で寝息を立てていたはずだった。

マリアが来るまでは。

「タクトくん、ちょっと今暇かしら?」

ノックとともに、返事をする間もなくマリアが入ってきた。相変わらず白衣姿で、ベルトにつけられたホルスターには拳銃が装着されている。

昨夜もサーシャと一緒に迷宮に潜って、最早公然の秘密となっている修業をして帰ってきた。そのため、今はとても眠い。とはいえ、暇かと聞かれたら「寝るのに忙しいです」は最悪の答えだ。

「暇といえば暇だけど、どうした?」

欠伸を嚙み殺し、俺はマリアに尋ねた。

すぐに終わる用事ならばいいのだが。

「一緒にゴブリンの群れを退治しにいきましょ!　一〇〇匹くらい」

「……一〇〇匹って」

これは眠れそうにないなと思った。

ゴブリンとは、人に近い姿をした魔物の一種だ。

人よりも低い身長、細い体、そして木の枝を武器として扱うということもあり、冒険者の中では弱い魔物といわれている。

人に近い姿をしているため、対人戦闘が得意な騎士たちの訓練の標的にもされるそうで、近年ではその数を大きく減らしているという。そのため、わざわざ出向いてまで倒す敵ではない。

ゴブリンは害獣ではない、というのが共通の認識になっていた。

「普通のゴブリンはそうだけどね、ゴブリンには上位種がいるの。たとえばホブゴブリンなら、剣レベル15くらいの剣士と対等くらいだし、ソードゴブリンやアーチャーゴブリンといった上位種のゴブリンが徒党を組んだらそれは強敵になるわよ」

人間の中でも強い人と弱い人がいるように、強いゴブリンと弱いゴブリンがいるってことだな。

某ゲームのスライムだって、最弱のものもいたらものすごい魔法を使う強敵もいるからな。

「じゃあ、俺たちが倒すのはその上位種なのか？」

「ええ、シャーマンゴブリン。ゴブリンの中でも闇魔法を使う厄介な魔物よ……といっても私たちの敵じゃないでしょうけどね」

まぁ、本当に強敵だったらふたりで来ないだろうな。

ミーナとサーシャは、今日はミルの町の宿の建設において話し合いをするということで、ふたりをミルの町に瞬間移動で送っていた。

そのため、俺とマリアのふたりきりだ。

森の中では遠くまで見えないため、瞬間移動は使えない。

そのため、歩いて奥へと進むことにした。

「でも、なんで森の中にゴブリンがいるんだ？」

「この森の奥に神殿があって、年に一度ゴブリンが集まるそうなのよ。そのゴブリンのリーダーがシャーマンゴブリンってわけ」

「へぇ、なんでゴブリンが集まるんだ？」

「私はゴブリンじゃないからそんなの知るわけないじゃない」

マリアは肩をすくめて言った。んー、神殿にゴブリンか。ゴブリンの神様でもいるのだろうか？

もしもゴブリンに神を祈る信仰心があるのだとしたら、彼らにはぜひ俺の信じるジャージ神に祈りをささげてほしいものだ。

森をひたすら奥に進む。

途中でゴブリンの足跡やリンゴの芯を見つけた。

ゴブリンがいるんだろうな。

「……何かの気配がする」

「ゴブリンかしら……神殿はまだ遠いけど」

ゴブリンとは限らないよな。

茂みの向こうを見ると――そこにいたのは……普通の男女ペアの冒険者だった。

向こうも俺の存在に気づいていたのか、男は剣をかまえていたが、俺たちの姿を見るとひとまず安心し、剣を下ろした。

三〇歳くらいの男と、マリアより少し年上、二〇歳代後半くらいの女性のペアだ。

「なんだ、こんなところでデートか？」

「ここはゴブリンがいっぱいいるから危険よ」

少しうざったそうに言う男と、優しく諭す女性。

マリアは嘆息して言った。

「こんなところにデートなわけないでしょ。私たちもゴブリン退治に来たのよ」

「お前たちのような奴らが遊び半分で来られたら困るんだよ。いいか？　ここにいるゴブリンはただのゴブリンじゃない。上位種が何種か交じっている。俺たちも調査に来ただけだ。命が惜しければ帰るんだな」

剣士風の男はそう言うと、森の奥へと進んだ。

「ごめんね、マキアールはああだけど、本当にあなたたちのことを心配してるのよ」

「おい、アグネス！　早くいくぞ！」

「待って！　じゃあね、帰り道は向こうよ」

杖を持った女性が手を振って笑顔で言った。

「そうか……じゃあ帰るか」

「なんでそうなるのよ！　いくわよ、タクトくん！」

だよな。ここで帰るようなら俺も苦労はしない。

「でも、さっきの奴らの調査が終わってからにしようぜ」

「そう？　さっきの人たちにタクト君のすごいところを見せてもいいいんじゃない？」

「絶対に調査の邪魔になるだろ……」

俺はそう言って、ジャージを脱いで、さっき茂みに入ったときについた葉っぱなどを取る作業をした。

マリアも諦めたようだ。

「ねぇ、タクトくん、何かお菓子とか持ってきてないの？」

「リンゴならあるぞ」

カード化していたリンゴとナイフを一緒に渡した。

マリアは具現化させてリンゴを剝いていく。

さすがは研究者、手先は器用だな。

寝不足のため欠伸をしていると――すごい臭いがした。

「なんだ!?」

「あ……タクトくん。ごめん、せっかくもらったリンゴだけど、ちょっと傷んでいたみたいで」

「……銀のナイフが黒く変色してる」

銀が毒に反応して変色するというのはよく聞く話だが、それはあくまでも化学物質の毒だ。

ちょっと傷んでいただけで変色するようなものではない。

「マリア、ちょっとそのリンゴをそこに置け――」

皮の剝かれたリンゴを俺は指先で触れてカード化した。

すると一枚のカードが現れた。

【猛毒リンゴ】

……カードの名前が変わっていた。

マリアの殺人料理のスキルってそういうことなのか？

少なくとも、これは食べたらいけないものだ。

「……マリア、リンゴは俺が剝くからな」

猛毒リンゴのカードを収納し、新しいリンゴのカードを取り出して、鉄のナイフで皮を剝いてマリアに渡した。

ウサギ形に切ったらマリアに笑われた。


「考えたら、瞬間移動で一度宿屋に帰ってもよかったんだよな」

一時間が経過したとき、俺はポツリと呟く。

「いいじゃない、たまにはふたりきりで森林浴するのも」

「それもそうだが、こんなことしてたら、本当にデートみたいだなって思ってさ」

「あら、私はデートでも別にいいわよ」

「冗談はやめてくれ。俺がバカな男だったら本気にしてしまうぞ？」

「大丈夫よ、タクトくんはバカだけど本気にしてくれないし」

バカ扱いされてしまった。

そりゃマリアに比べたら学力は劣るかもしれないが、少々失礼ではないだろうか？

そろそろいいだろうと、俺たちは神殿に向かって歩いていった。

そこから三〇分くらい歩いたとき、俺が見たのは、さっきの冒険者だった。

剣を持っているゴブリンに囲まれている。

「タクトくん、冒険者を囲んでいるのはソードゴブリンよ。シャーマンゴブリンが後ろから支援してるみたい」

マリアの視線の先には、古い祭壇のようなものがあり、そこには禍々しい首飾りを着け、杖を持ったゴブリンが数体立っていた。

「ゴブリンの上位種か。よし、マリアは援護を頼む！　俺はまずソードゴブリンを一掃する！」

俺はそう言って、破邪の斧を具現化しながら、

「ファイヤーボール！」

と牽制《けんせい》目的で火の玉を放つ。

火の玉は、ソードゴブリンの一体を飲み込んだ。

「…………うっし、ビンゴ！」

当てるつもりはなかったことは俺の心のうちにとどめておく。

ソードゴブリン一体がカードに変わった。

横からマリアの銃声が響く。

彼女の銃弾は一発、また一発とシャーマンゴブリンの脳天に命中、カードへと姿を変えていく。

銃の照準の精度がかなり上昇しているようだ。

俺はその間に跳躍、ソードゴブリンを破邪の斧で切り裂いた。

「大丈夫か！」

「君たちは⁉　ここは危険だ、早く逃げろ！」

マキアールが叫ぶ。

「お前たちこそ逃げろ！」

「俺たちは無理だ！　シャーマンゴブリンの闇魔法で影の一部を縛られている――来るぞ！」

祭壇の上にいたシャーマンゴブリンがマリアの銃弾に倒れた。だが、シャーマンゴブリンが放った闇の玉は消えることなくこちらに向かってきた。

「気をつけろ！　あれが影に触れたら動けなくなるぞ！」

「影に触れなければいいんだろ！」

俺はそう言って、破邪の斧で切り裂いた。

魔法を切り裂く破邪の斧、その力は健在だ。

「そんな、魔法を破るなんて……その斧、ただの斧じゃないの？」

アグネスの顔が驚愕《きょうがく》に染まる。

シャーマンゴブリンはさっきので全員倒したはずなのに、二人はまだその場から動けないようだ。

「お前たち、影が縛られてるって言ってたな！　なら、これならどうだ？」

俺はそう言うと、ライト！　と魔法を唱えた。

光の下級魔法ライト。

光の玉が浮かぶと影が消えた。

「おっ、動く！　体が動くぞ！」

「すごい、さっきは火魔法を使ってたわよね、あなた……まさか二属性持ち？」

「話はあとだ！　敵の数が多い――マリア、大丈夫か？」

「大丈夫よ。弾はまだまだストックはあるわ！」

マリアはそう言いながら、上位種のゴブリンだけを的確に撃ち抜いていき、近づいてくるゴブリンを蹴り飛ばしていた。

銃を使わなくても十分強いな。

「……な……なんて魔道具だ」

「すごい……こんな冒険者がいたなんて」

冒険者ふたりはあっけにとられて動けないようだが、俺は近づいてくるゴブリンの群れを、斧を回転させて切り裂いていった。

その後もゴブリンフィーバーは続き、最終的には上位種のゴブリンが全滅したあと、通常のゴブリンは全員逃げていった。

＊　＊　＊

「ここのゴブリンは異常だったようだな。見てみろ、通常のゴブリンなのにドルグが五倍の額になっている。カードのドロップ枚数も異常だ」

マキアールは拾ったカードを見て持論を披露する。

だが、それはゴブリンが異常なんじゃなくて、俺のボーナス特典だ。

「ありがとう。あなたたちのおかげで助かったわ。お礼をしたいんだけど」

「いや、礼はいいよ。このカードだけで俺たちは大儲けだからな」

ゴブリンが落としたカードは小銭がほとんどだが、上位種のゴブリンのカードはかなりの金額になる。

ゴブリンソードやゴブリンステッキなども売れば一万ドルグにはなるそうだ。カード類は全て俺たちがもらうことになった。

「じゃあ、俺たちはギルドに報告にいかせてもらうよ。君たちも一緒に来ないか？　今回の報酬は君たちに受け取ってほしい」

「いいって。俺たちはこの神殿を見てから帰るから……あぁ」

俺はマキアールに囁くように言った。

「これからデートなんだよ」

俺がそう言うと、マキアールは笑って、

「そうか、それは邪魔したらいけないな」

と言い、アグネスと一緒に去っていった。

悪い、マリア。勝手に恋人役に使わせてもらった。と心の中で謝っておく。

「じゃあ、マリア。俺たちも帰るか……マリア？」

祭壇の上で、マリアが何かを見て笑っていた。

どうした？　もしかして何か料理して食ったのか？

だとしたらすぐに解毒魔法を――。

「見て、タクトくん。あったのよ！」

「あったって何が？」

「これよ！　仏の御石の鉢！」

「あぁ、かぐや姫の財宝のひとつか……」

そういえばシャーマンゴブリンが落とすレジェンドアイテムだって言ってたな。

「もう、ノリが悪いわね。どうせなら、かぐや姫の集められなかった財宝、全部集めてみたいじゃない」

つまり、マリアは最初からこのアイテムを狙ってここに来たってわけか。

マリアがうれしいのなら別にいいが、そんなアイテム、何に使うんだ？

それに、火鼠の皮衣はすでにある人に預けてしまっているんだが。

「それより、この祭壇、なんの神を祈ってるんだ？」

「そうよね。この世界に神様なんて一柱しかいないわよ。もしかしたら精霊でも祈っているんじゃないかしら？」

「へぇ、神様は一柱しかいないのか」

日本では八百万《やおよろず》の神がいるからな。文化の違いを感じる。

こんなところにいても仕方がないから帰ろうかと思った、そのときだった。

背筋に悪寒が走った。

「タクトくん、どうしたの？」

「いや、背中がぞくぞくっと……」

「ぞくぞく？」

マリアは俺の後ろへ回り込み、あたりを観察した。

「タクトくん、鑑定スキルを持っていたわよね。この石床、年代鑑定してもらっていいかしら？」

「……年代鑑定？」

「鑑定はアイテムの名前や性能だけでなく、年代鑑定、筆跡鑑定、価格鑑定、さらには声紋鑑定までできるチートスキルなのよ？」

「……あぁ、俺、アイテム鑑定もしたことなかった」

必要なかったからなぁ。

そう話したら、マリアは呆れた目で、

「宝の持ち腐れね」

と恨めし気に言ってきた。

反論できないな。

マリアに言われて鑑定の仕方を聞く。

目を細めて、石床を見た。

「あれ？　この部分だけ新しいな」

ほとんどは一〇〇〇年以上前からこの場所にあるものなのに、この床材だけは三〇〇年くらい前に加工されたものだという鑑定結果が出た。

「やっぱりそういうことね」

マリアはそう言うと、黒く変色した銀のナイフを取り出し、石床の隙間を突いた。

そして、てこの原理を使って捻《ひね》るように石床をこじ開けた。

すると、そこには——隠し階段などではなく、隠し倉庫のような空間があった。

そこにあったのは、たった一体の石像。

「子供の石像？」

密閉空間とはいえ風化は進んでいるようだ。そのせいで、細部までわからないが、人間の子供の石像だ。

「マリア、これが神様なのか？」

「違うわよ……一体なんなのかしら？　この石像……まさかこの世界には他に神がいるとでも……そんなわけないわよね」

「あぁ、石像が神様だけとは限らないし、どう見ても普通の子供だろ？」

俺は石像の年代鑑定をしてみた。

これは祭壇の年代とほぼ変わらない。

どうやら、最初からこの石像はここで祭られていたらしい。

「……とりあえずカード化して持っていくか？」

「そうね。落ち着いたら研究させてもらおうか」

俺は石像をカード化して、マリアに渡した。

他にはめぼしい物は何もなかったので、マリアとともに瞬間移動で帰った。

第七話　修業の成果

ANOTHER KEY

Game Start
Continue
Game Setting
END

大丈夫、俺は強くなった。

いける、いける、いける、いける、いける！

目を見開き、俺はミスリルの杖を掲げ、魔法を唱えた。

「ファイヤーフィールド！」

叫ぶと、突如、部屋全体が炎に包まれた。

炎の上級魔法、ファイヤーフィールドが成功した瞬間だった。

部屋の中にいたオオトカゲの群れが一掃され、多くのカードが残った。

「ふぅ……使えた……ただ、精神的な疲れはファイヤーウォールの比じゃないなぁ」

「おめでとう、タクト」

「おめでとうございます、スメラギさん」

「本当に呆れたわ。もう上級魔法まで使えるようになったなんて」

俺たちはコモルの町の東五〇〇キロメートルにある砂漠の洞窟にまでやってきていた。

初級の迷宮の魔物退治をいくつかして、そろそろ強いところにいってみよう、ということで装備を整え、昨日からこの迷宮にやってきた。

すでにもうこの世界に来て一か月になる。

かつて、地の精霊王の怒りを買い砂に飲まれた王宮がある。その王宮の盗掘をしていた冒険者が三〇年前に発見した迷宮らしい。

井戸の洞窟と同じく魔力鉱に照らされた通路の光景は変わり映えしない。淡い橙色の光を放っている。

砂漠の真ん中という立地条件のせいで人気のない迷宮らしく、迷宮の周りにも魔物がいて、入る前に一掃することになった。

敵のレベルは中。

オオトカゲだけでなく、死霊系の魔物のホラゴーストが出るため厄介な場所といわれている。ホラゴーストは通常の物理攻撃が無効であるという特性を持っているからだ。

そのため、サーシャはシミターを売り、代わりに退魔性能のあるミスリルの剣を購入して装備している。ミスリルといえば、俺の知っているゲームの中ではとても貴重な金属として登場する空想上の金属だ。武器屋の話では、杖として使えば魔法を使うときにその効果を高め、また鉄よりも硬い金属であるため剣や防具としても使われる。だが、この世界ではミスリルゴーレムがカードとして落とすため、貴重ではあるが幻の金属というほどではないらしい。

ミーナもまた炎属性のある火竜の牙という名の短剣を装備している。どうも短剣では牙シリーズに縁があるらしい。ただ、炎耐性のある敵がいたら困るということで、百獣の牙は売らずに持っている。

あと、服装も、サーシャはミスリルの軽鎧、ミーナは皮のドレスから魔蜘蛛糸《まくもいと》のドレスに変わった。蜘蛛の糸のドレスって聞いて変なイメージがあったが、きっちりと加工されたそれは絹にも劣らぬ上品な肌触りの服へと仕上がっていた。

マリアも研究所に一度戻り、銀の弾丸の作製と予備の拳銃を二丁依頼。

よく研究所に帰って許してもらえたな、とか思ったが、彼女が旅に出た成果だと偽り提出したレポート（化学の本から一部抜粋）を見て、研究所員はしぶしぶマリアの身勝手を黙認することにしてくれた。

早ければ明後日にも銀の弾丸が一〇〇ダース出来上がるらしい。

装備が大幅に変わったみんなだが、一番変わったのは俺だ。

武器としてミスリルの杖を新調、さらに服も変わった。

コモルの町の服屋に特注で注文していた服ができたのだ。

着心地は最高。しかも炎属性に対する耐性が大幅に上がった。

俺は満足そうに自分の服を見下ろす。

「タクトくん、本当にその服が気に入ったのね」

「確かに、スメラギさんといえばその服ですもんね」

「少しは服装に気を遣ったほうがいいと思うんだけどね」

「本当よね……まさか――」

マリアが半分呆れたように言った。

「火鼠の皮衣からジャージを作ってもらうなんて」

そう、俺のジャージは生まれ変わった。

ニュータイプのジャージと言っても過言ではない。

火鼠の皮衣を繊維の糸にし、そこからジャージー編みで編み上げた。

色が赤色に変わったが、これはこれでなかなかいい。女子用ジャージみたいだけれども体育教師のジャージみたいにも見える。

仕立て屋に頼んでもジャージの編み方が難しいらしい。仕立て屋に俺が懇切丁寧にジャージの編み方を教えても、そんな面倒な仕事はできないと断られた。そのため、火鼠の皮衣を糸にする紡績作業だけ依頼した。だが、持つべきものは仲間だ。なんと、マリアが多機能機織《はたお》り機というものを研究所時代に開発していて、ジャージー編みも可能だと教えてくれたため、俺はそれを借りることにした。研究所に戻るのにマリアはだいぶ躊躇《ちゅうちょ》していたが、銀の弾丸の作製を依頼するときに、結局戻らなくてはいけなかったからな。その機織り機は倉庫の中で埃《ほこり》を被っていて、誰も使っていなかったため、カード化して持ちだすことにした。

そして、糸になった火鼠の皮衣を、俺が日夜徹夜してジャージとして編み上げた。

それがこのジャージだ。

今後はジャージ作りのコツを摑んだため、さらに様々なジャージを作って布教するつもりだ。

ちなみに、火鼠の皮衣を使ってジャージを作ったとマリアに一番に教えてやったら、かぐや姫の財宝にかなりの思い入れのあったマリアにぐちぐちと嫌味を言われ続けた。

真っ赤なジャージだからな、タクト専用ジャージとでも呼ぼうか。

通常の三倍の速度で動ける気がする。

「本当はオリハルコン繊維のジャージでもできないかな？　とか思ったんだけど、金属を糸にする技術がないって言うからさ」

「……うすうす気がついていたんだけど、もしかしてタクトくんってジャージバカなの？」

マリアが失礼なことを言ってくる。

ただ、俺はジャージこそが人類の生みだした最高の発明だと思っているにすぎないのに。

きっとアダムとイブが禁断の果実を口にしたのも、ジャージを生みだすプロセスにすぎないのだ。

この世界に来て、ジャージは破れるわ、泥だらけになるわ、コモルの宿で洗濯を頼んだら他の服の色落ちが混ざってしまうわで、俺のジャージ生活は散々だった。

だが、おそらく、今日、このジャージを手に入れるために俺は異世界に来たのだと確信したね。

「ドワーフならオリハルコンを繊維に変えることができるそうだし、北の大陸にいってみないか？」

「やめて、頭が痛くなるわ」

サーシャが頭を押さえる。風邪だろうか。

「ジャージーっていうのが本当は正しいと思うんだけどさ、やっぱりそれだと牛みたいだしなぁ」

「あの、本当に服の話はもういいですから」

「私たちの最大のライバルが服になりそうで怖いから」

「早く先に進みましょ」

女性三人はジャージのすばらしさにあまり共感してくれなかった。

なので仕方なく俺は先へと進む。

「あ、ホラゴーストの気配ね」

「だな」

サーシャの索敵レベルも24まで上がっており、敵に遅れをとることはほとんどなくなった。隠形スキルの高いらしいレアモンスターを見つけるまでには俺もサーシャも至っていないが、敵に先制されるようなことはなくなった。

サーシャの言った通り、ホラゴーストは現れた。布を頭までかぶり、暗闇から光る眼でこちらを睨みつけてくる死霊系魔物だ。

まずはサーシャが切りかかったあとに、ミーナがわきから回り込み素早く火竜の牙で切りつける。

最後に――。

「ライトっ！」

光系下級魔法のライトを使うと、光る球が現れ、ホラゴーストはその姿を虚空へと消し去った。

このライト、普通の敵には全く効果がないが、悪魔系、死霊系の魔物にのみ、弱っていることを前提条件として一撃死させる。

しかも――。

「タクト、なんか剣が軽くなった気がするんだけど見てくれないか？」

「本当か？　お、片手剣レベルが30に上がってるぞ」

ライトで倒した場合、その武器レベルを上げるための経験値はダメージを与えたふたりにも行き渡る。ちなみに、俺も光魔法レベルが上がっていた。

本来武器での経験値はとどめをさした人しかもらえない。対魔物戦闘経験値のみが分配されるはずなのだが。

弱っていることを前提条件とする魔法、というところがその理由だろう。

「タクトのおかげだ。ありがとうな」

「いや、サーシャの頑張りの成果だって」

経験値六四倍のボーナス特典があるとはいえ、まだ冒険を始めて一か月。

つまり、五年分の経験値を得ている。生半可な五年の訓練くらいで師範レベルの強さが身につくとは思えない。それは、この一か月サーシャの修業に付き合ってきた俺が一番よくわかっている。

ちなみにだが、マリアはホラゴースト戦は不参加を決めている。

何しろ、普通の銃弾が一切通用しないのだから。

「暇だわ……」

そう言ってふてくされていた。

あとでオオトカゲが出てきたときに拳銃を連射していた。

このレベルの魔物でも十分に対処できるようになったことに満足し、俺はそろそろコモルの町に帰ろうと提案。

だが、すぐに却下された。

理由は——。

「はぁ……またサービス回だ」

視線のやり場に困りながら、俺はサボテンの陰にいた。

砂漠のオアシス。

砂漠の迷宮に来る前に見つけた穴場だ。

そこにいってほしいと頼まれ、どうしてだろう？　と思いながらも俺はオアシスに瞬間移動した。

そして――。

「泳ぐわよぉぉ」

「「おぉぉぉ」」

マリアの掛け声に合わせてミーナ、サーシャが拳を天に上げ、三人は服を脱いだ。

「な、こんなところで！」

と叫んだが、三人はなんとそれぞれ服の下に水着を着用済み。

最初から遊ぶつもり満々だったのか。

「てか、なんで俺に黙ってたんだよ」

「それは、タクトに私たちの水着姿を堪能してもらうためさ」

上下黒のビキニ姿のサーシャがポーズをとる。

肩紐のない、背中に回っている紐と前方を隠す水着、下も最低限の場所さえ隠れたらＯＫという、布地を節約するためだけに生まれたような水着だ。

褐色の肌に長い茶髪の彼女。それはさながら渚の日焼け美人のような色気を出していた。

胸を強調するように両腕で自分の胸を抱え上げて俺を挑発してくる。

「お姉ちゃんの言ってることはウソですよ。本当はスメラギさんにも声をかけたんだけど、ジャージがどうとかで全く話を聞いていなかったんです」

ミーナの水着は一般的な肩紐と背中に回す上水着とスカート付きの下水着に分かれたセパレートタイプだ。おへそがとてもかわいらしい。

スカートの下からのびた長い脚は、普段黒いタイツをはいているために見ることのできないという希少性もあり、まるで芸術作品のようなきれいなもので……足フェチになりそうで怖い。

こうしてみるとミーナも胸はやはり小さいのだが、でもそれはそれでいいなと思えてくる。

それ以上にウエストの細さと、恥ずかしそうに俯くしぐさがとてもかわいらしい。

「これはお灸をすえないといけないって思ってね。罰としてタクトくんは荷物番、よろしくね」

そう言うマリアの水着は赤いワンピース型の水着だ。両肩からそれぞれの胸のあたりまで伸びた布地を一本の紐で結んでいる。

今にもこぼれおちそうな巨大な球体、もしもあの紐がはずれたら何が起こるのか、それは想像するだけで悶絶ものだ。

——これは罰ではありません、ご褒美です！

とは言ったが、やっぱり罰ゲームだよな。

これを眺めているだけだなんて。

しかも、ここは砂漠なんでとても暑い。

「スメラギさん！　ジャージを濡らしてもいいならそのまま入ったらどうですか？」

ミーナに言われたが、俺は首を振った。

「断固として断る！」

ジャージを汚すなんてとんでもない。

「冗談です！　そこの袋の中にスメラギさんの水着が入っているんで、一緒に入りましょ！」

「え？　本当？　待ってて、すぐに着替える！」

サボテンの陰で用意されたブリーフタイプの水着をはき、ジャージとはしばしの別れを告げ、俺は三人と一緒にオアシスでの水泳大会を楽しんだ。

ぽろりはなかったが、とても楽しかった。


ただ、同時に不安でもあった。

このときがいつまで続くのだろうか？

もうすぐこの中の誰かがいなくなるのではないか？


まるで未来予知ともいえる出来事は、すぐそこまで迫っていた。

そう、パーティーの中のひとりが突如として姿を消すことになる。

このときはまだ漠然とした予感でしかないため、俺はその不安を胸の奥に閉じ込めて笑顔で遊んだ。

もう少し俺が注意したら防げたというのに。

「バ……バカな……俺の斧レベルは30を超えてるんだぞ！」

小屋の中で頭にバンダナを巻いた大男は驚愕に震えていた。

斧自慢のその男だったが、今ではその斧を窓の外まで撃ち飛ばされてしまっており、手も足も出ない状態だろう。

「知ってるよ、ったく、どうして盗賊ってやつはどいつもこいつも斧レベルを鍛えるのかね」

サーシャが呆れた口調で言う。

まぁ、俺もメイン武器は斧と杖という変わった装備なんだが。

「と、盗賊じゃない！　山賊だ！」

「どっちも一緒だろうが！」

サーシャが一喝した。

「くっ、だがお前らが笑っていられるのもこれまでだ。いいか、俺のふたりの兄貴もまた斧レベルは30を超えていて、お前らの仲間を血祭りに」

「こっちは終わったわよ」

「こっちも降参してくれました」

小屋の中にマリアとミーナが入ってきた。

ふたりとも当然無傷のようだ。

「殺してないか?」

「死んでないとは思うわ。一生車椅子生活だとは思うけど」

「車椅子ってなんですか?」

ミーナが尋ねた。

「足が不自由になるような怪我を負わせたってことよ」

「私のほうもすぐに降参してくれました。スメラギさんの魔法のおかげです」

「こっちも、タクトくんの魔法には助けられたわ」

「そっか、あっちの俺たちは頑張ってくれてたのか」

俺は自分が何もしていないことに心配していたが、杞憂だったようだ。

「へぇ、こっちのタクトは助けてくれなかったけどね」

「サーシャが強くなったってことだよ――それと」

俺はサーシャの背後でゆっくりと立ち上がり、腰に隠してあった短剣を振り上げた山賊のひとりを見て、

「サンダーポイント!」

雷の初級魔法を唱えて山賊を打ち抜いた。雷の魔法は俺の使える魔法の中で最速。その速度は俺でも避けることはできないだろう。

雷に打たれた山賊はその場にうつ伏せに倒れた。意識はまだ失っていないようだ。

「油断するな、サーシャ」

「違うわよ、タクト。仲間を信じるのは油断とは言わないわ。そうでしょ、そっちのタクトた

ち」

「ああ、サーシャの言う通りだ」

「でも、こっちの俺も役に立ってたようでよかったよ」

ふたりの俺が部屋に入ってきた。

「……お……同じ男が三人？　な……なんで……？　三つ子……？」

そんな疑問を投げかけながら、男は意識を手放した。

三つ子はお前たちだろうが。

「ちょっとチートなだけさ」

俺は分身解除を念じると、ふたりの俺が姿を消しサーシャと一緒にいた俺だけが残った。

伝説魔法1。

スキル項目に突如そんなものが現れたのは、オアシスの水泳大会から三週間後、今から一週間前のことだ。

それと同時に、今まで全く意味のわからなかった項目も追加される。

【裏メニュー】

最初に宿屋で見つけたときから、時折チェックしていたのだが、浮かび上がるメッセージは
【現在は表示する項目がありません】

と出るだけだったのだが——。

【取得伝説魔法一覧】

という項目が現れた。

恐る恐るその項目を開いてみる。

現れた魔法はひとつだけだった。

【アザーセルフ】

俺は草原の真ん中に瞬間移動し、その魔法を唱えた。

すると――そこに俺が現れた。

分身魔法だ。

試しにもう一度魔法を唱えてみる。

すると、今度はもうひとり、俺が現れた。

すごい、これって最強になれるんじゃないか？

とか思い、もう一度アザーセルフを唱えてみたが、今度は分身は現れなかった。

アザーセルフを唱えていない最初に作った分身がアザーセルフを唱えてもやはり同様で。

「どうやら、三人が限度のようだな」

「取得条件は、他の魔法レベルかな」

「今朝、魔法技能が30になったからかもしれない」

「なぁ、分身魔法を二回使ったのに、俺の伝説魔法レベルは上がってないのか？」

「あ、気づかなかった。本当だ、伝説魔法スキルは簡単にはレベルが上がらないみたいだな」

「ところで、なんかＭＰが減った気がするんだけど」

その後、いろいろと実験をした結果、最強と思われた分身にも六つも弱点があることがわかった。

一つ目、分身を作っていられるのは三〇分程度まで。三〇分経つと消えてしまう。

二つ目、分身を二体作るとＭＰが三分の一になってしまうらしい。しかも分身が消えても回復はしない。しかも、分身もＭＰが減った状態になる。

三つ目、分身の負った傷は、分身が消えたときにダメージを減少して本人に返ってくる。分身が死んだときのダメージを考えると恐ろしく、使い捨てをすることはできない。

四つ目、分身の経験値は分身が消えるとまとめて手に入るが、分身の記憶は分身が消えても俺に伝わることがない。

五つ目、分身の使用中はスキルの変更ができなくなる。自分も分身も同様だ。

六つ目、分身と俺の距離が一定以上離れると分身は消えてしまう。だいたい一キロくらいか。

他にも弱点はあるかもしれないが、とりあえず、魔法の威力が落ちたりとかそういうデメリットはなさそうだ。

天〇飯の四体の分身よりは一体少ないが、天〇飯の持つ弱点はカバーされているということか。

宿屋に帰り、そのことを仲間に説明する。

「呆れたわ。それって実質三倍の力を手に入れたってことじゃない」

マリアがため息をついて言う。

「自分で自分の背中を洗うのには便利そうだな」

サーシャ、もっと便利な使い方があるだろう。

「スメラギさんが三人。ひとりにつきひとり……」

ミーナはどういう意味で言っているのかよくわからない。

とりあえず、俺たちの戦力は大幅に強化された。

「あ、そうそう、みんなに相談があるんだ。できれば受けたい仕事がある」

サーシャが珍しく仕事の話を始めた。

それはこの町からもうっすら見える山をねぐらにしていた山賊退治だった。

山向こうの村が襲われ、多くの被害を出したという。

「敵は大勢の部下と三つ子の親分。そして、三つ子の親分は全員が斧レベル30を超えているらしくて、誰も手が出せないらしいのよ」

「……斧レベル30か」

もう二か月も前になるのか。いや、まだ二か月しかたっていないのか。

ミーナとサーシャ、ふたりの営む宿を焼き払い、サーシャを誘拐した盗賊。その親玉の巨漢の男が斧レベル30を超えたという男だった。

俺も苦戦し、なんとか決死の一撃スキルを使って倒すことができたが、下手をしたら死んでただろう。

「今の私たちならいけると思うわ」

サーシャがそう言い、俺は頷いた。

「でも、できるだけ情報は集める。それからでいいな」

「ええ」

よし、それならまずは情報収集だ。

「スメラギさんが……ひとりにひとり……」

ミーナさん、お願いですから現実に帰ってきてください。

＊＊＊

そんなこんなで念入りに調べて山賊のアジトに急襲。

三つ子の山賊の連携を恐れ、ミーナ、サーシャ、マリアに三人に分かれてもらい、俺と分身がそれぞれマンツーマンでフォローをする形で突入した。

三つ子ってやっぱりシンクロアタックとかできるんだろうからな。

そして、結果、山賊の鎮圧作戦は終了。

マリアの用意してくれていた花火を打ち上げる。

これは作戦終了の合図で、これを見たら地元の自警団がやってきてくれる手筈《てはず》になっていた。

サーシャはそれを見上げながら、山賊の長男に向かって言う。

「あんたたちのやった傷害、放火、強盗、野菜泥棒、人さらい、家畜さらい、もろもろ含めて罰をうけなさい！」

「待て、俺は強盗や野菜泥棒はしたが、家畜さらいや人さらいはやってないぞ！」

「これを見なさい、きっちりさらっているじゃない！」

サーシャが一羽の黄色い鶏のような魔物の足をつかんでみせる。ドゥードゥルという魔物だ。

この世界には家畜という概念はあまりない。当たり前だ、魔物は魔力の塊だから、ドゥードゥルを飼っていても鶏肉も卵もとれないし、牛乳もとれない。

ただ、モーズは畑を耕すときに使われる。

そして、ドゥードゥルは、草食だが種は食べないので、収穫後から種植えの時期まで除草の役割をしてくれる。

また、その鳴き声は縄張りを主張して他の魔物をよせつけないといわれており、さらに朝、いつも同じ時間に鳴くことから教会の鐘のない小さな村に一羽あればうれしいドゥードゥルといわれている。

「ぴ、ぴーちゃん！　ぴーちゃんは俺の家族だ、乱暴に扱うな。そのかわいらしい瞳、愛くるしいあんよ、肌触りのいい羽毛、ぴーちゃんは俺の家族だ！　息子だ！」

「あ、うん。そうか、わかったからもう喋るな」

俺は山賊に声をかけた。

女性陣を含め、他の山賊の目が、俺がジャージについて熱く語るときにそれを聞いている人の目になっている。

俺もあまりジャージについて熱く語るのはやめたほうがいいかもしれない。

しばらくして、自警団がやってきたため、俺は山賊たちを自警団に引き渡す。

これから山賊たちは王都へと送られ、裁判ののち、正しい処罰が下るという。

「賞金のほうは宿に届けさせましょうか？」

「いや、襲われた村の復興資金にあててくれ……それでいいよな？」

「ええ、ありがとう、タクト」

サーシャがうれしそうに頷いた。

「山賊が奪ったものも持っていってくれてかまわない」

「本当によろしいので？」

盗賊や山賊の財宝は、退治したものが所有権を有する、というのがこの国の法律だ。

わざわざそれを放棄する理由はない。

「俺たちは、俺たちのけじめをつけたかっただけなんだと思う」

自警団からしたらよくわからない話だろうが、ミーナもサーシャも、事情を知るマリアも頷いてくれた。

「ちょっと待て、俺たちは本当に人さらいなんてしてないぞ！　やったことは認めるがやってないことなんて認めないからな！」

そう叫びながら去っていく長男を含め、全ての山賊がいなくなった。

それを確認し、瞬間移動でコモルの町に帰る。

すぐに俺の部屋に着いた。もう二か月も借りている部屋だが、俺が頼んだとき以外は誰も入らないでほしいと店主に頼んであり、誰かに見つかる恐れはない。

「じゃあ、私はごはんの用意をしますね」

「私は部屋に戻って、ちょっと休憩するよ」

順番で、今日はマリアと同室になる日だった。

「ねぇ、タクトくん、ちょっと買いたいものがあるんだけど、付き合ってくれないかしら」

「ああ、いいぞ？　何を買うんだ？」

「本よ」

「わかった」

この町に来たとき、俺はマリアについてある勘違いをしていた。

マリアが買っているのは学術書だと思っていたのだが――。

「あった、コール・ラチン先生の最新作だわ。入荷してくれたのね」

他にもマリアは本を次々と選んでいき、棚に置いていく。

マリアが好んで買うのは物語だった。しかも恋愛小説だ。

「タクトくん、お願いしていいかしら？」

「わかったよ」

俺はあたりを見回し、誰も見ていないのを確認すると、カード化を使った。

購入したばかりの一〇冊もの本がカードへと変わる。

「助かったわ。これは私の仮説を証明するのに必要な重要な書物なのよ」

マリアはルンルン気分でカードを受け取る。どうやら、俺に学術書でないことがばれていないと思っているらしい。

わかるに決まってるだろ、俺はこう見えてもいろいろと鋭いんだぞ。

あれ？　なんだろ？　俺の鋭い感覚によると「それは絶対違う」と誰かにツッコミを入れられた気がする。

「仮説で言えば思いだした。あの仮説ってなんなんだ？」

「どの仮説かしら？」

「銃スキルをマリアが手に入れたときの仮説だよ」

「あ、あったわね。仮説といっても絶対とはいえないし、わかったからといって役に立つものではないんだけどね。少なくとも戦闘の役には立たないし、日本に帰る手がかりになるというわけでもないわよ」

マリアは前置きを用意して、もったいつける。

そう言われたら余計に気になるな。

「この世界の未来はきっと私たちの世界へと繋がっているの」

この世界の未来が俺たちの世界？

言っている意味がわからない。

異世界に来たつもりが、実はタイムスリップで過去に来ていたとかそういう話じゃないよな？

少なくとも地球では過去に魔物がいたとか、魔物を倒したらカードに変わった、なんて話は聞かない。特に後者に関しては神話の中ですら存在しない話だ。

俺の脳はその文章の処理を諦め、素直に質問することにした。

「どういうことだ？」

「詳しくは宿に戻ってから説明するわね。さすがに大通りの真ん中でするような話でもないし、今夜は時間もたっぷりとれるしね」

「そうしてもらえると助かるよ」

俺にも理解できる仮説ならありがたいな。

「あ、俺はちょっとさっきの本屋で何か面白そうな本がないか探してみるよ」

そして、マリアは早足で宿へと戻っていった。よほどさっきの本を読みたいんだろうな。

ひとり残った俺は、本屋に戻り、面白そうな本がないかと物色しようとしたところで、

「お客様、お客様」

と声をかけられた。

「ん？　俺のことか？」

声をかけてきたのは三〇歳くらいのやせた男だった。

「お客様は、おそらく高名な魔法使い様とお見受けいたします」

「魔法使い？　わかるのか？」

「はい、私が今まで見たことのないような魔法を使う魔法使い様とお見受けいたします」

確かに分身の魔法とか俺しか使えないよな。

この人、そこまで俺のことを見抜いたのか？

それともただのお世辞がたまたま当たったのだろうか？

「ぜひ魔法使い様にお試ししてほしい物があります」

「俺に？」

「はい、なんと、あの千年樹から作られた杖にございます」

千年樹って何？　とか聞きたいが、すごそうな名前の素材だな。

この世界では有名な樹木なのだろうか？

「それはすごそうな杖だな……ちょっと見てみたいんだがいいか？」

俺が今持っているミスリルの杖もいい武器だが、その武器も気になる。

鑑定スキルがあれば、どのような武器かも見抜くことができるだろう。

幸い、金なら余裕がある。

毎日迷宮に潜ってはレアアイテムを収集しているから、それを売れば一生遊んで暮らせるくらいのお金にはなっているとマリアも言っていた。

今のところこの生活に満足しているのでお金を使うことはあまりない。それなら戦力強化のためにもその杖とやらを見てみたいものだ。

「はい、私どもの商館にて保管しております。ぜひお越しください」

「わかった」

港の横にあるレンガ造りの建物が、男の言う商館だった。

専用の船も泊まっているらしく、立派な建物だった。

「お帰りなさいませ、旦那様」

建物の中に入ると、ひょろっとした六〇歳くらいの男が立ち上がり頭を下げた。

そして、部屋の奥のテーブルへと案内された。

外観は立派だが、意外と中は殺風景なんだな、とか思いながらも商談をするのならこのくらいのほうがいいのかとか考えた。

「では、千年樹の杖を持ってまいりますので、魔法使い様はお茶でも飲んでお待ちください」

「あぁ、ありがとうございます」

俺をここまで案内してきた男は、受付の男にお茶を出すように命じると奥の部屋に入っていった。

　受付の男が持ってきたお茶はハーブティーのようで、とてもいい香りがした。少しぬるめだが、猫舌の俺にはちょうどいい。

　一口飲むと、疲れた体をいたわるように体中に染み渡る。

「茶菓子でもあればもっといいんだが」

　誰にも聞こえないように、そう呟きながら、もう一口、お茶を飲もうとしたときだった。

【睡眠耐性スキルを覚えた。睡眠耐性レベルが上がった。睡眠耐性レベルが上がった。睡眠耐性レベルが上がった。睡眠耐性レベルが上がった】

（え？）

　そう思ったとき、突如、急に意識が朦朧《もうろう》としてきた。

　まぶたが……まぶたが落ちる。

　まさか、お茶の中に睡眠薬でも入れられていたのか？

　くそ、逃げろ！　瞬間移動だ！

　そう脳に命じるが、小さく口を開くが声が全く出てこない。

「くくっ、ちょろいな。邪神様の加護があらんことを――」

　俺をここまで案内してきた男の言葉が耳に入ってきた。

　そして、俺の意識は闇へと吸い込まれていった。

同時刻、コモルの町の宿屋内。

「スメラギさん遅いですね」

「なぁ、ミーナ、先に食べようよ」

「駄目よ、タクトくんは私たちのリーダーなんだから。もうすぐ帰ってくるわよ」

タクトを待ち続ける三人。

だが、その日、タクトが宿に帰ってくることはなかった。

エピローグ

波の音が聞こえる。

窓を開けて寝るといつも心地よい波の音がするんだよな。そういえば、こっちの世界に来たときも、こんな波の音をしていたっけか。


ゲーム、『アナザーキー』。

発売前のゲーム機本体とゲームソフトを兄貴からもらったのが遥か昔のように思える。

兄貴がデバッグ用のプログラムを用意してくれていて、その中のチートコード使用。それで、俺は「経験値六四倍」「レアドロップ率UP」「瞬間移動」など反則すぎるチート能力でゲームを始めるはずだった。

だが、ゲームを始めて気がついたら、見知らぬ海岸に立っていた。

そして、それと同時に、ゲーム開始前に手に入れたはずのチートな能力がそのまま備わっていた。

それから、仲間と出会い、冒険をし、幾重もの困難に打ち勝ってきた。よく鼻血を出しすぎて失血死しなかったなと思う。

ここがゲームの中だとは思ってはいない。ただ、ゲームと何か関係のある世界であるのは間違いない。

なんて思いつつも、まぁ流されているだけだよなぁ。マリアみたいに俺もこの世界について調べないといけない。

そう思い、俺は目を開けた。

部屋の中は真っ暗だ、まだ夜中なのだろうか？　それでも暗すぎる。

それに、なんだか妙な姿勢で寝ていたような気がする。関節が痛い。

「あれ？　なんだ、これ」

足を伸ばそうとするが、足が前にいかない。

手を上に伸ばそうとしたが、両手を後ろに縛られていて動けない。

なんでこうなったのか。

記憶をたどってみる。

昨日は山賊三兄弟を倒し、町に帰ってからマリアと買い物して、

『この世界の未来はきっと私たちの世界へと繋がっているの』

マリアに気になることを言われた。

その後……そうだ、男に商館に案内され、ハーブティーを勧められ、

――もしかして、捕まったのか？

俺は普段は外してある暗視のスキルを装着した。

周りの光景がうっすらと浮かび上がる……と同時に、周りに光景などないことを知った。

ここは――箱の中だ。

くそっ、やられた。

油断をしていなかった、といえばウソになる。

だが、まぁ、捕まっても大丈夫か。

戦闘中でないのなら脱出方法はある。

「瞬間移動」

問答無用の移動魔法（非戦闘中のみ）。瞬間移動を使えばこんな箱からの脱出も楽々……って、あれ？　宿の部屋に戻らない。

「ん？　箱の中から声が聞こえたような」

「ばか、あの茶は特殊な睡眠薬が入っていてな、そんな簡単に目を覚ますようなもんじゃないよ」

「そうなんっすか」

下っ端と上司っぽい二人の会話。上司のほうは、俺にお茶を飲ませた男に似た声だ。

やっぱり睡眠薬が入っていたのか。

なんでボーナス特典に『状態変化無効』がないんだ。

強力な睡眠薬というのは間違いないだろう。何しろ一気に睡眠耐性のレベルが5まで上がったんだから。

でも、そのおかげで男たちが思っているよりも早く目を覚ますことができた。

そして、俺は考える。それが正解だと思いたくない。だが間違いない。

ここは船の甲板の上だ。しかもおそらく渡航中で、東の大陸から北の大陸に向かっている。

大陸の領域が変わったため、俺の瞬間移動が使えなくなったんだ。

瞬間移動には同じ大陸の中でしか移動できないという縛りがあると、コモルの町に最初に来たときにマリアが話していた。

隙を見て逃げだすしかない。機会は、こいつらが箱を開けたとき、視界に映った場所に瞬間移動して、戦闘に入る前に逃げる。

「それにしても、もったいないっすね、運ぶのがひとりだけなんて」

「そう言うな、お前も見てただろ？　カード化の能力を」

流浪の民の一部のみが持つという物体をカードに変える能力。

それで本をカードに変えるのを、二階の闇酒場の窓から覗いていたという。

とてもレアな能力で、馴染みの客に売れば、普通の奴隷の比ではない値段になると言った。

そうか、あそこを見られていたのか。

「それによ、昨日大捕り物があったらしく、山賊たちが一掃された。俺たちの商売の罪は全部あいつらにかぶせていたからな、それがバレたら厄介だ。これ以上あの町で商館を隠れ蓑《みの》に仕事をするのは危険だ」

ああ、山賊のやつら、人さらいだけはやっていないとか言ってたが、本当だったんだな。それにしても、どうして悪役ってのは自分の悪行をぺらぺらと語るのか。

ん？　昨日？

もしや、日付が変わったってことか。

俺、そんなに長い時間眠らされていたのか？

「まぁ、それだけレアな商品だ。気になるお前の言うこともわかる。箱の中に睡眠香を入れるか、その煙をかいでいたら目的地に着くまでぐっすりだ」

男が言う。箱を開けるつもりだ、逃げるなら今しかない。

そう思ったが、おかしい、箱を開けるそぶりがまるでない。

と思っていたら、箱の底から甘い香りが漂ってきた。

やばい、箱の底にしかけがあったのか！

逃げられる可能性を減らすためには有効な方法だ。

どうしたらいい、カード収納しているカードを出して使えるものはないか。

なにしろ、今、俺が持っているものなんて、このジャージしか……。

ジャージ！　そうだ、俺にはジャージがついていた！

「ファイヤーボール！」

俺がそう叫ぶと、箱が爆発した。

「箱が、箱が……爆発した。香が何かに引火したのか……」

「どうした、商品は無事かっ！」

「いや、ボス、あの爆発ですから――」

煙が上がると、俺は服についた木片を払いのけ、

「ふぅ、やっと出られた出られた」

周囲を確認した。右前方に山のような影が見える。

太陽の光がまぶしい。くそっ、倉庫に運ばれたときは日が沈みかけていた。つまりは最低でも半日以上は寝ていたということか。

「無傷……だと……お前、いったい……いったいお前は何をした！」

「何も。ただ魔法をぶっ放しただけだ」

俺が無傷でいられる理由は俺の能力じゃない、ジャージの能力だ。

火鼠の皮衣。火の耐性を大幅に上げるそのアイテムで作られたジャージだ。このジャージのおかげで、俺は無傷で箱の中から脱出することに成功した。

ジャージの伝説は今始まったばかりと言っても過言ではない。

「ジャージは最高だ！」

「何わけのわからないことを……」

「ボス、大変です！　甲板に引火してます！」

「すぐに消火に手を回せ、くそっ、このガキ、大切な商品だと思って丁寧に扱ってたらいい気になりやがって。手の空いてるやつからこっちに来い！」

箱詰めにされて郵送されている人間の扱いが丁寧なものか。

消火作業をしていない人さらいたちがこちらにやってきた。

一〇、一五、一八人か……。てか、服装は人さらいというより海賊だ。赤いバンダナに赤と白の横ストライプの服って、お前たちはタルに入れてナイフを刺したら飛んでいくのか？

あと、炎の魔法は使えそうにない、船に燃え移ったら戦闘どころじゃなくなる。雷の魔法も同じか。

ならば――。

「アイスブリザード！」

氷の中級魔法、氷と雪が吹き荒れ、海賊たちを襲う。

だが――ダメージを与えたが、倒すまでには至らない。火属性や雷属性の魔法を鍛えてきたが、氷属性の魔法性能はまだまだのようだ。

こうなったら、上級魔法のダイヤモンドダストを使わないといけないか、と思ったときだった。

目眩《めまい》がした。

頭を抱えて俺はよろけた。倒れそうになるが、そこは踏ん張る。

「ふん、やっと効いてきたか、睡眠香の煙を浴びてよく今まで動いていられたと褒めてやる」

「あいにく、徹夜には慣れているもんでね」

「そうか、でも今日はゆっくり休むんだな」

ボスの男がナイフを振り下ろしたので、俺は後ろに飛んだ。

だめだ、こんな状態で上級魔法なんて使ったら精神力が消費されて眠りに落ちてしまう。

かといって、氷の中級魔法の一発や二発で倒せる相手ではない。

「ボス、今の氷で炎が消えました！」

「そうか、じゃあ全員でこいつを取り押さえるぞ」

くそっ、ダメだ。

なんで睡眠回復魔法ってないんだよ。あ、でもドラ○エでもザメ○ってあんまり出てこないな、確かに。

【睡眠耐性レベルが上がった】

助かる、睡眠耐性がまた上がった。だが、ダメだ、睡眠耐性レベルが上がったってことは、それだけ強力な睡眠薬でもあるということだ。

あのときに飲んだお茶ほどではないが、もう意識を保てそうにない。

戦闘中じゃなければ瞬間移動で逃げられるのに。遥か遠くだが、はっきりと大陸の影が見える。瞬間移動を使えば視界の範囲内なら移動できる。

ファイヤーウォールで倒そうにも、海賊は円形に広がってこちらにナイフを構えており、一度や二度の魔法で相手を全滅させられるとは思えない。

しかも、二度目か三度目の魔法で力尽きたら俺は船と一緒に丸焼けだ。

ん？　そうか——。

「諦めろ、お前に逃げる道はない！　絶対にここから逃げることなどできん」

「わかってないな」

俺は不敵に笑う。

「誰もができないと思うことをやってこそのチートだろうが！」

そして、俺はその魔法を唱えた。

「ファイヤーウォール！」

俺の生み出した炎の壁は海賊たちを——ではなく、船の甲板全体に広がった。

木製の船にはすぐに燃え広がり、引火していく。このまま帆に引火したらこの船は終わりなのは間違いない。

ＭＰが消費され、睡魔が強くなる。

まだだ、まだ寝たらダメだ。

「お前！　俺らと心中する気か！」

「お前らと心中する気はない！」

俺は奥歯を噛みしめて言った。

「俺の待遇改善を要求する。俺を解放してくれるのならさっきの氷の魔法で炎を消してやるよ！　この船と一緒に焼け死にたくなかったら武装を解除しろ」

「……ちっ、わかった、約束する。俺の負けだ。お前の安全は保証する。お前らもナイフを下げろ」

海賊の頭の要求に従い、全員が持っていた武器を捨てた。

成功だ。

そう、俺の作戦は和解だ。

「ふぅ、助かったよ」

もちろん、わかっている。こいつらは海賊だ、俺との約束なんて守る気がないことなど百も承知だ。

だが――。

「瞬間移動！」

戦闘行為が解除されたことで発動可能となったこの魔法により、俺は大陸へと渡ることができた。そこは俺たちがいた大陸ではないのはわかっている。おそらくは北の大陸だ。

俺たちをさらった海賊がどうなろうが――眠すぎて知ったこっちゃない。

『騙しやがったなぁぁぁ』

俺をさらった張本人の男がそう叫んだ――気がしたが、もうだめだ。もう眠すぎて――。

薄れゆく意識の中、俺は自分が森の中にいることに気づいた。

さっき、船の上から見ていた森だ。

すぐ近くに泉があり、そこに――。

一糸纏わぬ姿の天使がいて俺を見ていた。

そんな気がした。

それは本物なのか、それともまどろむ中で見た幻想なのかわからないまま、俺は再度意識を失った。


チートコードで俺ＴＵＥＥＥな異世界旅／完

あとがき

あとがきを書くにあたり、様々な本を読み、気がつけば本編を読んでしまい、自分が何をしていたのかすっかり忘れてしまう作者をご存じでしょうか？　そうです、私――時野洋輔です。あ、本名ではありません、ペンネームです。

まずはあとがきの定番、このたびは本書を手に取っていただき、誠にありがとうございます。ということで、あとがきのコーナーです。

この作品のテーマのひとつにジャージがあります。今回はジャージについて語りたいと思います。

この作品では、「ジャージー」ではなく「ジャージ」と表記を統一しています。このジャージ、もともとはイギリス海峡のジャージー島で作られていたメリヤス生地が由来なんだそうです。ジャージー牛もジャージー島出身なので、ジャージー牛とジャージは無関係ではなく、実は同じ由来なんだとこの作品を書いていてはじめて知りました。

ジャージは所謂若者言葉発信の口語であり、ニュースや新聞などでは今でもしっかりと「ジャージー」と表記されています。ですが、タクトはあくまでも「ジャージ」は世間に浸透し、多くの者に親しまれているものということで親しみを込めてジャージと呼んでいます。

ジャージの利点は動きやすく、また近年ではオシャレジャージのように、ファッション的にすぐれたジャージも出てきています。スポーツに使うもよし、部屋着で使うもよし、パジャマ代わりに使うもよしのオールマイティーの服といっても過言ではなく、ジャージ好きというのはもはやひとつの属性と言っても過言ではないはずです。では、ここからジャージの歴史について あと三〇ページくらい語りましょうか？　そこまで余裕がない？　本作品や今後の情報も書いてください？　ははは、本作品や続編の情報などジャージを語るうえでは不要……すみません、本気で怒らないでください。

まずは本作品でみごとにタクトのジャージを描き上げてくださったやまくじら様、素晴らしいジャージを……はい、すみません、違いましたね、ミーナとサーシャ、マリアと三人のヒロインをきれいに描いてくださいましてありがとうございます。ミーナのぺったんこ具合まで再現してくださり、感謝感激です。

あとがきから読む人もいるでしょうから、あまり本編のことについては書くことができないのに次の話について書くことができるはずもなく……とりあえず、今後もジャージは大活躍ですよ！　くらいしか伝えることはできません。

が、次には新しいヒロインが登場します。そのイラストも早速やまくじら様に描いていただきました。

とてもかわいらしい少女です。彼女はいったい何者なのか？

彼女の正体を知ってもらえることを願って、また会いましょう。

時野　洋輔

絶賛発売中

「クロードさん」

「あなたやっぱり最低です！」

革細工師かく語りき

【著者】卯堂 成隆　【イラスト】鈴ノ

『阿守 蔵人』は、魔王を倒す旅が終わるや否や仲間のもとを逃げだし、趣味の革細工に没頭する。が、そんな彼の前に新たな勇者の候補である少女が現れて……。これは、どうしようもなく性格の歪んだ男が、屈折した愛情を周囲に振りまく物語である。

本体：1,200円＋税　ISBN:978-4-8000-0598-4

MAG Garden NOVELS

チートコードで俺TUEEEな異世界旅
アナザーキーシリーズ

発行日　2016年10月23日 初版発行

著者 時野洋輔　イラスト やまくじら

発行人　保坂嘉弘

発行所　株式会社マッグガーデン
〒102-8019 東京都千代田区五番町6-2
ホーマットホライゾンビル5F
編集 TEL:03-3515-3872　FAX:03-3262-5557
営業 TEL:03-3515-3871　FAX:03-3262-3436

印刷所　株式会社廣済堂

装　幀　坂本知大

ISBN978-4-8000-0609-7 C0093

著者へのファンレター・感想等は弊社編集部書籍課「時野洋輔先生」係「やまくじら先生」係までお送りください。

本作品はフィクションです。実在の人物・団体・事件等には一切関係ありません。